凧《たこ》あがれ

結実の産婆みならい帖

五十嵐佳子

朝日文庫

本書は書き下ろしです。

目　次

第一章　鈴虫鳴くころ　7
第二章　迷いとんぼ　65
第三章　霜柱立つ　149
第四章　母子草　父子草　199
第五章　凧あがれ　271

凧あがれ

結実の産婆みならい帖

第一章

鈴虫鳴くころ

一

例年なら秋風が吹く八月の中旬になったというのに、今日も早朝からお天道様がじりじりと江戸の町を焼いている。

今年の暑さは格別だった。

結実《ゆうみ》は額と小鼻に噴き出た汗を首にかけた手ぬぐいで拭《ぬぐ》い、足を進めた。

時刻は六ツ（午前六時）過ぎ。通りには早くも大八車《だいはちぐるま》が行きかい、小僧たちが箒目《ほうきめ》をつけている。

「よいしょ」

亀島橋《かめじまばし》を渡り終えると、結実は大きな風呂敷包みを背負いなおした。包みの中には油紙《あぶらがみ》、晒《さら》し木綿《もめん》、汚れ物など産婆仕事の一切が入っている。

結実がお産にかかわるようになってちょうど十年になる。

十四歳で祖母の真砂《まさご》に弟子入りし、産婆見習いの修業をはじめた。真砂は八丁堀《はっちょうぼり》の女で知らないのはもぐりだとまでいわれる、腕のいい産婆だった。

だが二年前の六月、真砂が倒れて左半身が不自由になり、結実は、産婆として独り立ちすることになった。

昨晩、川口町《かわぐちちょう》の裏店《うらだな》に住む花売りの女房・ツルが産気づき、先ほど男の子が生まれた。

お産に行くときには、迎えに来た亭主の茂平《もへい》が荷物を持ってくれたが、朝になり上の子どもたちがぞろぞろ起き出してしまってはそうもいかない。

――もう明るいし、ひとりで帰れます。

寝ぼけ眼《まなこ》の幼い子どもたちに着替えをさせ、あわてて朝飯を炊いていた茂平にそういって、結実はひとりで帰ってきた。

とはいえ、徹夜で妊婦につきそった疲労が橋を渡り終えたあたりからじわじわとこたえてきた。

眠気が一気に湧《わ》き上がり、うっかりすると目を閉じてしまいそうになる。

そのうえ、大荷物の風呂敷はきりきりと肩にくいこみ、背中は汗でじっとりと湿っていた。

ようやく坂本町《さかもとちょう》の家の前にたどり着いたとき、門から亭主の源太郎《げんたろう》が出てきた。

「お帰り。無事、生まれたんだな」

源太郎は笑顔で足を止めた。帳面を包んだ小さな風呂敷を手にしていた。

「わかる？」

「その顔に書いてあるさ」

「元気な男の子だったよ。源ちゃんは今から医学所？」

「ああ。昼には帰ってくる。……おい、寝るなよ。うちはすぐそこなんだから」

源太郎にそういわれて、瞼《まぶた》がくっつきそうになっていたことに気づき、結実はあわてて瞬《まばた》きを繰り返した。

「いやだ。大丈夫よ。こんなところで寝ないから」

祝言《しゅうげん》で居眠りをした花嫁、それが結実だ。

祝言の前日に産気づいた女房がいて、結実は徹夜でつきそい、赤ん坊を取り上げるやばたばたと帰宅し、花嫁衣裳を身に着けたまではよかったが、町火消したちの祝い唄「木遣《きや》り歌《うた》」を聞きながら、ついに船を漕《こ》いでしまった。

以来、居眠り花嫁とさんざんからかわれた。結実はそのことを今も一生の不覚だと悔《く》いている。

「まずは飯を食べて、それから布団《ふとん》にもぐりこめ。この順番だ。いいな」

源太郎は結実の頭をぽんと掌《てのひら》でたたき、切れ長の目元をゆるめると、「それじゃ行ってくる」と手をあげた。

結実は、源太郎の姿が見えなくなるまで見送った。

通りを行きかう人より源太郎は首ひとつ背が高い。何人も追い抜くようにして歩いて行く。源太郎はこのごろいつも早足だった。

結実の父で大地堂《だいちどう》を営む医師・山村正徹《やまむらせいてつ》の弟子になったとき、源太郎は十七歳だった。その年は結実が見習い産婆になった年でもある。

三歳年上で、家に寄宿していた源太郎は結実にとって、仕事は違っても弟子と見習いとして修業に励む同輩であり、長い間、頼れる兄のような存在だった。

それが、いつしかなくてはならない人になった。

一緒になって二年になる。

源太郎は大地堂を手伝う傍《かたわ》ら、一年半前から午前中だけ幕府直轄の西洋医学所に通いはじめた。医学所では外科手術に必要な麻酔学や解剖学の講座などを聴講している。

源太郎が早足になったのはそれからのような気がした。

門をくぐると、右手の本宅兼大地堂にはすでに診察を待つ患者の人影が見えた。大地堂は外科を得意とする医院で、急な患者のために夜も門を開けている。

結実は本宅ではなく、左手にある小さな別宅に向かった。

以前は祖母の真砂が暮らしていた家だ。産婆見習いになってからは、真砂と、先輩見習いのすず、結実の三人で住んでいた。

まず、すずが嫁ぎ、別宅を出た。次に体が不自由になった真砂も本宅に居を移した。

そして今は、結実と源太郎のふたりが住んでいる。

別宅は妊婦たちが出入りする産院も兼ねていて、昼は通ってくるすずや手伝いの夕ケ、その子どもたちでにぎやかになる。

まもなくその時刻であった。

入り口の戸を開けると、結実は上がり框《かまち》に背中の包みを下ろした。どんと鈍い音がする。

右側には土間の水屋《みずや》があり、入り口の先は板の間と水屋に接している茶の間が並んでいて、奥には座敷と板の間がある小さな家だった。

入り口の左手に木肌の新しい戸が見えた。昨年、本宅を増築したおり、そこに三畳の女中部屋を造作《ぞうさく》したのである。

いずれ子どもが生まれたときのためにと、母の絹《きぬ》に強く勧められて女中部屋を作ったのだが、いまだ結実に懐妊《かいにん》の兆候はなかった。

包みから汚れ物をとりだすと井戸端まで行き、水をくんだ桶《おけ》につっこんだ。すぐに取って返し、かまどに火を入れ、大鍋に湯を沸かす。お産で使ったものはきれいに洗った後、沸騰した湯でゆがかねばならなかった。

「おはようございます。今日も暑いねえ。いつまで夏が続くんだか」

丸っこい背中にさゆりをおぶい、金太《きんた》の手をひき、タケが入ってきた。太り肉《じし》で汗っかきの上、体温の高い幼子《おさなご》を背負って歩いてきたからか、タケの顔や首の汗が玉になっている。金太は四歳、さゆりは三歳のかわいい盛りだ。

「おはよう。金太ちゃん、歩いてきたの、偉いね。喉《のど》、渇いたでしょ」

タケの亭主は表具師《ひょうぐし》をしているのだが、その稼ぎだけでは暮らしが苦しく、五人の子どものうち、上のふたりは手習いを続けることができず、早々に奉公に出た。それでも近頃の物価高騰にはついていけないと嘆《なげ》いていたタケを手伝いとして雇うことにしたのは、結実が産婆として独り立ちしたときだった。

あのころ、すずには生まれて間もない龍太《りゅうた》がいて、今まで真砂と三人でこなしていた産婆仕事は結実ひとりの肩にかかっていた。

洗濯や掃除まではとても手が回らず、手伝いを探さなくてはならないと思い始めたところだった。

タケは五人目の子を出産したばかりでどれだけ働けるのか不安もあったが、いざ雇い入れると、大当たりだった。

タケは赤ん坊をおぶいながら、洗濯掃除、なんでもこなした。手際がよく、仕事は丁寧で、すずの子を自分の子と同様にかわいがり、すずが往診などで不在の時には、自分の乳を与えてもくれた。

最近では別宅だけでなく、本宅の雑用も引き受け、本宅の女中のウメからも頼りにされている。

さゆりを背中からおろし、タケがふたりの子に水を飲ませていた時、すずが二歳になるセイを背負ってやってきた。

「おはよう！　汗びっしょりになっちゃった」

すずはセイをおぶったまま、井戸端で顔を洗っていた結実のところに駆け寄った。今頃、結実が顔を洗っているのは夜中、お産にかかっていたからだと、すずにはわかったらしい。

「もしかして、おツルさん？」

「おはよう。……あたり。今朝、無事、生まれたよ」

結実が手ぬぐいで顔を拭《ふ》きながらいうと、すずは目を輝かせた。
「どっち？」
「男の子」
「よかった。喜んでいたでしょう。上ふたりが女の子だから、男の子をほしがってい
たものね。長くかかった？」
「昨日の日が変わるころから。いいお産でした」
「寝てないんだ。疲れたでしょ。ご苦労様。早くご飯を食べて、眠って。夕方までは
私が引き受けるから」
すずは結実のひとつ年上の二十五歳だ。結実より一年早く真砂の弟子となった。
幼馴染《おさななじみ》で町火消しの栄吉《えいきち》と一緒になり、今ではふたりの子の母親だ。
所帯を持った当初は長屋で夫婦ふたり暮らしをしていたが、子育てしながら産婆を
続けるには、子どもを見てもらえる人手があったほうがいいと、今は舅《しゅうと》が「は組」の
顔役である栄吉の実家で暮らしている。
三歳の龍太は姑《しゅうとめ》にあずけ、二歳のセイを連れて毎朝ここにやってきて、夕方には
帰っていく。
夜のお産や長くかかるお産にすずは立ち会えないので、お産の後の往診を中心に行

っていた。

結実にとってすずは、この産院をともに切り盛りする頼りになる仲間だった。

すずに促《うなが》されるように、結実は庭と小さな薬園を横切り、本宅に向かった。

茶の間に一つ残ったお膳の布巾《ふきん》をはずすと、白飯に納豆、ナスときゅうりの浅漬け、豆腐とわかめの味噌汁とお茶が入った湯呑が載っている。母・絹の心づくしだ。

「味噌汁、温めなおしますか」

「ううん。大丈夫」

女中のウメに答えて、結実は手をあわせ、箸《はし》をとった。

体は疲れている、けれど、心には満足感が広がっていた。

陣痛の間、ツルはしきりにつぶやいていた。

――なんでこんなに痛いんだろうね。この痛みをどうして忘れていたんだろう。

――みんな忘れちゃうみたい。そうでなきゃ、町にこれほど人があふれてないわ。

――そりゃそうだ。人ってのは、うまくできてるもんだねぇ。

その言葉通り、赤子を産み落とすと、ツルは痛みなどすっかりわすれた穏やかな笑顔で赤子を抱いた。

ちくっと結実の胸が痛んだ。

この頃、赤ん坊を取り上げるたびに、自分はどうして子に恵まれないのだろうと、結実は少しばかり辛くなる。

すずが最初の子を産んだとき、「次は結実ちゃんの番だね」とみなが口を揃《そろ》えた。だが、次もすずだった。

源太郎と夫婦になって二年がたつ。人からもらった「子授《さず》け守」は引き出しにもういっぱいだ。

世間では「嫁して三年、子なきは去る」だの、「女は子どもを産んで一人前、男は家庭をもって一人前」「子を持って知る親の恩」だのと、勝手なことをいう。

だが、祝言をあげて二年、まだ子ができないというのは、ありふれた話でもある。五、六年たってようやく子が授かり、弾みができたようにとんとんと何人も続けて孕《はら》むこともあれば、十年たってすっかりあきらめたころに子に恵まれる夫婦もある。

産婆を生業《なりわい》にしていなくても、そんなことは誰だって知っている。

それなのに子が授からないかもしれないという不安に、結実はときどき押しつぶされそうになる。

実際、子ができない夫婦も少なくなかった。

そうした夫婦の相談にも結実はこれまでさんざんのってきた。慰《なぐさ》めもしたし、焦らないようにと助言もした。

養子をすすめたこともあれば、ふたりで生きる暮らしを説いたこともある。

それでも、我がこととなるとやっぱり平静ではいられない。

偉そうに、子のない夫婦に物申した自分がいやになるほどだ。

亭主の源太郎はできるときにはできるだろうとのんきに構えていた。一年目は結実も同じ気持ちだったのだが、最近は、その言い方が、まるで他人事のように聞こえてもやもやが募ることもあった。

確かに、子どもはいつかできるのかもしれない。

でもそれはいつなのか。今年なのか、来年なのか、もっと先なのか。

月のものがくるたびに落胆し、結実がひとり置き去りにされたような気持ちになることを、源太郎は気づいていないようだった。

結実の気持ちが落ち着かないのは、そればかりではなく、近頃の時代の変化も関係している。

二年ほど前から米の値段がまた上がった。幕府は町会所《まちかいしょ》で米銭《べいせん》支給をしたり、富裕な町人が救い米銭などの施業《せぎょう》を相次いで行ったが、焼け石に水で、打ちこわしが江戸では激発している。

昨年五月末に起きた一連の打ちこわしは今でも身震いせずにはいられないほど、激しいものだった。

それは南品川《みなみしながわ》の宿場《しゅくば》一帯の質屋、米屋、酒屋などの打ちこわしから始まった。

翌日には芝《しば》に飛び火し、十八の町で六十七軒の店が襲われた。次の日になると、浜《はま》松町《まつちょう》から芝中門前《しばなかもんぜん》、四谷《よつや》や神田《かんだ》にも広がった。そして日本橋《にほんばし》、牛込《うしごめ》、麻布《あざぶ》、ついには本所《ほんじょ》や内藤新宿《ないとうしんじゅく》、赤坂《あかさか》にと騒動は拡大していった。

わずか十日あまりの間に、二百軒以上の店が壊され、その波は川越《かわごえ》、岩槻《いわつき》、八王子《はちおうじ》、横浜《よこはま》までも及んだという。

昨年は、二回目の長州征伐もあった。

幕府軍は約十五万人、長州軍は約一万人と負けるはずがない布陣だったにもかかわらず、勝利の報は江戸に届かず、公方《くぼう》様びいきの江戸っ子をがっかりさせた。七月には十四代将軍の家茂《いえもち》が二十一歳という若さで大坂城で没したという報が届いた。

不在になった将軍職には、十二月になって徳川慶喜《よしのぶ》が就いた。

さらに新将軍が決まってわずか二十日後、慶喜に将軍宣下《せんげ》を授けた孝明天皇が崩御された。

新しい帝には睦仁親王というお方が即位されたというが、江戸者の結実にはぴんとこなかった。帝は京の奥に鎮座している雲の上の存在で、その妹君の和宮《かずのみや》さまが先代の公方様に輿入《こしい》れしたときくらいしか、江戸ではこれまで話題にさえ上らなかったからだ。

とはいえ、そんなこんなで、京、上方と江戸はつながっているんだと、近ごろは思わされることも増えている。

江戸で今、横行《おうこう》している「ええじゃないか」というとんでもない騒ぎも西の方からやってきたものだという。

男は女装し、女は男装し、ええじゃないかと歌いながら、集団で町々をめぐりながら踊りまくる。なぜそんな愚にもつかぬことに人は熱狂するのだろうと当初、懐疑的だった者も、傍でその騒乱が始まると、火が付いたように我も我もと加わってしまう。

ここ数年、西の方で戦が起きたり、異人が増えたり、江戸でも斬り合いが頻発《ひんぱつ》したりしている。そんな世の中にうんざりして、どうにでもなれとばかり、狂乱に身をゆだねたくなってしまうのかもしれない。

やっかいなことに、その最中、神社のお札や、仏像までもが空から降ってくるらしいのだ。

いったい誰が決めたのか、お札が舞い降りた家では人々に酒食を差し出さなくてはならないという、はた迷惑な決まりがあった。

万が一、饗応《きょうおう》を渋ったりでもしたら、その家や店が打ちこわされるというのだから恐ろしい。

孕んだようだと診察にやってきた両国広小路《りょうごくひろこうじ》で人気の手妻師《てづまし》の女に、お札や仏像が天から降ってくるのはどういうわけかと結実が尋《たず》ねたことがあった。

――ひとりでに降ってくる札があったらお目にかかりたいもんだ。誰かが撒いているんだよ。貧乏長屋に札が降ったなんてこと聞いたことないだろ。札が降るのは金持ちの家ばかりだ。

眉をひそめ、皮肉交じりにいった女手妻師は、大きくなったお腹を隠して舞台に立ち続け、しばらくして一座とともに別の巡業地に旅立っていった。

家の本宅を増築したのも、世の出来事と無縁ではなかった。

本宅の入り口の右隣に、新たに小部屋を造作したのである。

そこには今、昨秋から下男《げなん》として働いている五助《ごすけ》が住んでいた。

五助は女中のウメの遠縁にあたる。昨夏、五助が奉公していた品川の米問屋が打ちこわしにあい、店を閉じた。働き先がなくなって困っていた五助をウメに頼まれ、大地堂で引き受けたのだった。

町には辻斬りも出るようになり、日が陰れば人々は家に閉じこもるようになった。夜中に結実がお産にかけつけるときには、どんなに近い家でも、迎えに来た先方の亭主や使いが付きそうか、五助か源太郎に送ってもらう。

年配で通いの下男・長助《ちょうすけ》だけでは手が回らなくなって困っていたところに、四十がらみの下男・五助が加わったのは、幸いとしかいいようがなかった。

食事を終えたとき、奥から祖母の真砂が顔を出した。

「おツルさん、男の子が生まれたってね。ご苦労様。疲れただろう。布団を敷いているから私の部屋でお休み。どれ、私は子守りを手伝おうかね」

真砂は卒中《そっちゅう》で倒れるまで、八丁堀界隈の赤子を軒並《のきな》みとりあげた腕扱《こ》きの産婆だった。

真砂は産婆を潔くやめたが、人の世話になりたくないという一心で歩く稽古《けいこ》を続け、今では少々左足をひきずるものの、自分のことはできるようになった。

そして自分の跡を継いだ結実やすずを助けるべく、金太やさゆり、セイの面倒をみてくれていた。

布団にもぐりこみ、結実がうとうとしかけたときだった。ふすまの向こうから母・

絹の声がした。

「結実、『魚正《うおまさ》』の若女将さんが正之助《まさのすけ》ちゃんを連れてきたんだけど」

母の絹は家のことだけでなく、日中は、大地堂にやってきて順番待ちをしている患者たちの相手をしたり、薬を出す手伝いをしていた。正徹と一緒になる前は、薬種問屋《やくしゅどんや》で女中をしていたこともあり、門前の小僧よろしく、薬のことには詳しい。

絹は結実の実母・綾《あや》の妹だった。安政の地震で綾が亡くなった後、結実を慰《なぐさ》め、身の回りの世話をしてくれた絹は、一年後、正徹の後妻に入った。

「おマチさん？　正之助ちゃんがどうかした？」

魚問屋「魚正」は南新堀《みなみしんぼり》二丁目にあり、料亭にも卸す高級魚を専門に取り扱っている。正之助を取り上げたのは結実だった。

結実はあわてて身づくろいをし、部屋から出た。

「もしかしたら、麻疹《はしか》じゃないかって」

絹の地蔵眉が心配そうに下がっている。結実の頬がひきつった。

「麻疹ですって？」

疱瘡《ほうそう》（天然痘《てんねんとう》）、麻疹、水痘（水疱瘡）は人生の「お役三病」とされ、生きるか死ぬかの病である。結実自身は覚えていないものの、幼い頃に麻疹と水痘に罹患している。

そのたびに、死線をさまよった。

正之助は正徹の書斎に寝かされていた。

大地堂は入り口の四畳の板張りの上がり框が患者たちの待合室、左側に続く畳廊下が軽傷の人の診察室、奥のつきあたりの六畳間の書斎。そして手術に使われる庭につきだした土間という作りになっている。

書斎は感染症の疑いのある患者や容態が重い患者が運ばれる場所だった。

正之助の顔が赤かった。息も荒い。

正之助の体を確かめた正徹は、今にも泣きそうな顔をしているマチの目をのぞきこみ、穏やかにいう。

「熱とぶつぶつがほぼ一緒に出たんだな。とすると麻疹ではないよ。麻疹は熱が出てしばらくして発疹がでる。おそらく三日麻疹だろう」

マチの表情がふうっとゆるんだ。

「おマチさん、三日麻疹はかかったことがあるかい?」

「かかっています」

「それなら大丈夫だ。看病を頼みますよ。かかってない人はこの子のそばに寄らないように気をつけて。この子が使ったものはよく洗って。飲みたがらなくてもときどき白湯《さゆ》を飲ませてやりなさい。水が切れるのがいちばん怖いからね」

「わかりました。食べ物は」

「柔らかいものをというけれど。ほしがるものはなんでも食べさせていいよ」

マチが目のふちを指でぬぐった。安堵の涙がこぼれてしまったらしい。

マチは貧しい水呑み百姓の娘で、十二で女中として魚正に奉公し、後継ぎの正吉《まさきち》に見初められ、若女将になった。美人ではないが、素直で優しい性分で舅《しゅうと》姑《しゅうとめ》にもかわいがられている。

正之助が治りそうでよかったと、結実も胸をなでおろした。

赤ん坊が無事に生まれても、育て上げるのは簡単ではない。

お役三病だけでなく、流行り病などでも子どもはあっけなくもっていかれてしまう。七歳までは神のうちといわれるほど、幼いうちに亡くなる子どもは多かった。

自分が取り上げた子どもが病や怪我で大地堂に運ばれると、結実は気が気でなくなる。生き抜いてくれと願わずにはいられない。そばに駆けつけずにいられない。

結実のその気持ちを知っていて、絹は今日も声をかけてくれたのだ。

マチと正之助を見送り、結実はまた布団にもぐりこんだ。だが、眠りかけたときに無理に起きたからか、妙に目が冴えてしまった。

静かに横になっているだけでも体の疲れはとれるはずだと自分に言い聞かせ、目を閉じると、小柄な体で正之助をおんぶして帰って行ったマチの姿が脳裏に浮かんだ。

いつしかそれに、ある親子の姿が重なった。

北島町《きたじまちょう》・提灯《ちょうちん》かけ横丁にある筆屋「松山《まつやま》」のりんと、母親のふさだ。

ふさは三日前に、「喉に何かがつかえているようで苦しい」と訴えて大地堂にやってきた。

喉に異常はなく、気鬱《きうつ》のせいかもしれないと、診察をした源太郎はいった。

ふさが気鬱になった原因、それはりんのことだと結実は思った。

ふさと亭主の栄太郎《えいたろう》との間には、九歳の長女・菊《きく》、七歳の長男・善一《ぜんいち》、四歳の次女・りんと三人の子どもがいる。結実はすべてのお産に立ち会っていた。

末っ子のりんは三人目ということもあり、朝、産気づき、昼前には生まれた。本当に軽いお産だった。

そして、りんはおとなしく、手がかからない赤ん坊だった。

――上の子はおなかがすいた、お尻が汚れた、眠たいのに眠れないと、何かといえば大きな声で泣いていたのに。この子は泣きもしない。おかげでお産の後だというのに、ゆっくり眠れる。おりんは親孝行な赤ん坊だよ。

結実が往診に行くたびに、ふさは満足げにこういった。

だが半年ほどして、時間があるときに家に寄ってくれという連絡が松山から入った。結実が往診の帰りに立ち寄ると、ふさはりんをまだ横抱きにしていた。

ふさは思いつめたような顔で訴えた。

――この子、まだ首が据わらないんだよ。おかしくないかい？　いつまでも頭がぐらぐらしてるって。うつ伏せにしても、頭を持ち上げようともしない。上の子たちは三月目には首が据わり、このころにはころんころん寝返りをしてたのに。何か、さわりがあるんじゃないかと思って……。

生まれたての赤ん坊は重い頭を自力で支えることができないため、抱っこするときには横抱きにして、頭を支えてやらなければならない。

生まれて三月、四月になると首はたいがい据わり、自分で頭を持ち上げ、動かせるようになるのだが、生後二月ほどで首が据わり始める赤ん坊もいる一方で、五月ほどしてようやく安定する子もいた。

首が据われば、「寝返り」ができるようになり、「おすわり」や「はいはい」「立って歩く」と、体を順次使えるようになっていく。

半年たっても首が据わらないのは、やはり遅かった。

りんは、体を支える力が弱いのだろうか。

それとも、ふさが言うように、体のどこかにさわりがあるのだろうか。

だがそうと決めつけるのは早計でもある。

生後半年がすぎてやっと首が据わったと思いきや、あっという間にひとり座り、はいはい、つかまり立ちをやってのけ、八月にしてひとり歩きをした子もいる。

子どもの成長は本当に人それぞれなのだ。

ふさはため息をつきながら続ける。

——体がぐにゃぐにゃしてるんだ。脇を支えて立たせようとすると、このくらいの子は足を踏ん張ろうとして体に力を入れるものだろ。でも、おりんはそうじゃない。仰向《あおむ》けに寝ながらだって、赤ん坊は両手を振り回したり、足を曲げ伸ばししたり、背中ではいずったりするもんじゃないかい？　おりんはいつだって手足をだらんとしたままおとなしくしている。相変わらず、泣きもしない……。

——抱っこさせてくださいな。おりんちゃん。おいで。

ちょうど母親の人見知りや後追《あとお》いが始まる時期だった。母親や子守りの顔を覚え、知らない人が抱くと泣き出してしまうこともある。おいでと結実が手を差し出した途端、くるりと向こうを向き、母親にしがみつく子も多い。

嫌がるそぶりもみせず、りんは結実の腕の中にすっぽりと納《おさ》まった。

大家族で常に誰かが近くにいるとか、人好きで好奇心がまさる子もおり、母親がいなくても平気な子もいないわけではない。だが、りんはそれとも違うような気がした。

小さな手には小さな桜色の爪がついている。薄い髪が産毛のように光っていた。目をぱっちりと開けているが、青みを帯び澄んだその目は焦点があっているような気がしない。

抱っこしながら左右にりんを揺らし、結実はおむつで膨らんだお尻をぽんぽんと軽い音をたてて叩いた。

あったかく、柔らかく、ひたすらおとなしい赤ん坊だった。

首据わりを促すために、縦抱きにして首を支えたり、うつ伏せで過ごす時間を増やすようにと、結実はすすめた。

――大事なのは早いか遅いかではなく、きちんとできるようになるかどうかだから。焦らず、たくさん遊んであげて、おりんちゃんが自分から動こうとするように仕向けてください。ただし、あと一年しても自分から立とうとしないようだったら、また連絡してくださいね。

そして、その一年後、結実はまたふさを訪ねることになった。りんの首は据わっていたが、依然としてはいはいも、つかまり立ちもできずにいた。

――おりんは人並みじゃないんですよね。そうでしょ。結実ちゃん。

ふさに問い詰められた結実は、りんには、ほかの子どもに比べて遅れがあるかもしれないと言わざるをえなかった。

――やっぱり……。

うつむいてふさは両手で顔をおおった。その辛さが、痛いほどわかった。

結実の十三歳年下の弟・章太郎《しょうたろう》は、生まれつき足が曲がっていたからだ。足首が極端に内側を向いていて、立てるようになるまでに時間がかかった。歩けるようになったのも人より何年も遅かった。

父親の正徹は、治療法を躍起《やっき》になって探したが、みつからなかった。

少しでも足の向きを変えたいと、添え木をあててもみた。だが、章太郎が痛がって泣くだけで、うまくはいかなかった。

今も、章太郎は足をひきずり、体全体を揺らすようにして歩いている。走ることはできないままだ。

さわりがある子を育てるのは並大抵のことではない。

世間と折り合って生きていくために、子ども自身も不便を抱えながら、まわりの子がしなくてもいい苦労をせざるをえない。

ふとしたおりに、ふさとりんはどうしているだろうと思うこともあったが、生まれて一年半ほど過ぎたときに会ってからすでに二年という月日がたっていた。

昨日の午後、結実は思い切って、往診の帰りにふさを見舞った。

もともと細身だったふさは頰に縦の筋ができるほど、やせていた。顔色も悪く肌も荒れている。

だが結実の顔を見て、ふさは嬉しそうにほほ笑んでくれた。

「わざわざ寄ってもらって。結実さん、源太郎さんと一緒になったってね。すっかり落ち着いて。丸髷《まるまげ》が似合ってるよ」

「ありがとうございます。お体の具合、いかがかなと思って」

「おかげさまで少しは」

源太郎はふさに、気の滞《とどこお》りを改善し、不安感やいらいら、緊張をゆるめる生姜《しょうきょう》、半夏《はんげ》、茯苓《ぶくりょう》、紫蘇《しそ》葉《よう》、厚朴《こうぼく》を処方したといっていた。

「眠れてます?」

「薬を飲んでからはなんとか。このところ、風邪もひかなかったんだけどね。丈夫がとりえの私が、調子を崩すなんて。自分でも驚いているんだよ。薬なんて飲んだことなかったから。よく効いてくれるんじゃないかと思ってるんだけど」

「お疲れがたまっていたのかも。ご飯は食べてます？」

「まあ。でもおりんに食べさせるだけでくたびれてしまって」

「食べさせている？」

「自分で食べることは食べるんだけど、箸を使えなくて……」

正座もできない。匙《さじ》でなんでもかきこむように食べる。匙にのせられないものは手づかみにする。米もお菜も、ぼろぼろこぼす。

舅姑にふさのしつけが悪いと叱られ、りんのこぼしたものを拾ったりしているうちに、自分の食欲はなくなってしまうとふさは苦笑した。

「今、おりんちゃんは？」

「昼寝してる。この時間が私にとってはつかの間の極楽でね。……こんな話、結実さんだからするんだけど」

ふさは目を落として、とつとつと語り始めた。

りんは昨年、ようやく歩けるようになったという。だが、今でも足元がおぼつかず、何もないところでもよくつまずき、転んでしまう。

お風呂が嫌いで、毎日湯屋に連れて行くのが一仕事だという。

おとぎ話を語ってやっても一切、聞いていない。

あと二回正月がくれば六歳。手習い所に通う年だ。

だが、字にも数にもまったく興味を示さない。第一、体をまっすぐに保つのが大変なので、机の前で正座し続けることができない。

買い物に連れ歩いていても、店に並べられているものにぱっと手を伸ばす。それが食べ物ならふさが金を払う前に、口に入れてしまう。いくら言って聞かせても、店にあるものは買わなければ手に入らないということがわからない。

「道理が通じないいんだ。毎日見ていれば、おりんがどうやったって、この先人並みにはならないってわかる。……ちっちゃい赤ん坊のころのほうがましだったよ。『まだ歩けないいんですよ』というなんて辛いうちには入らない。もしかしたらいつかできるようになるかもしれないって、一縷《いちる》の望みがあったから。……これからのあの子のことを考えると、心の臓も胃の腑《ふ》もぎゅ〜っと縮んで苦しくなっちまう」

膝においた手をふさはぎゅっと握った。

「おりんちゃんは好きなことがあるの？」

「好きなこと？」

「よく笑うこと」

「……兄ちゃんかな」
「善一ちゃん?」
「善一は優しいから。よくおりんの面倒もみてくれるんだ。歌を歌いながら手足を動かしてやったり、手をつないで庭に出てくれたり」
「おりんちゃんも善一ちゃんが好きなのね」
「ええ。……善一は今、竹馬に夢中でね。遊んでいる善一を見ながら、おりん、よく
笑ってる。まあ、おりんが竹馬で遊べるわけじゃないけど」
ふさは大きなため息をつき、また少しばかり投げやりにいう。
「……あたしにいろんなことを言ってくる人がいるんですよ。『あの子が頼れるのは
おっかさんだけだ。落ち込んでる暇なんかありゃしませんよ』とか。……そんなこと、
誰より私がわかってますって。母親だからがんばろうと、ずっとやってきたんだもの。
でも気がかりは少なくなるどころか増えるばかりで……」
ふさは思いを吐き出すように続ける。
「なんでこの世はつらいことばっかりなんだろうね。おりんを抱きながら、まるで山
の細い尾根を歩いているみたいな気がするよ。ちょっとでも踏み外せば、おりんとふ
たり、谷底まで転がり落ちちまう……おりんが人並みだったらどんなによかったか。

ねえ、結実さん。私は何か悪いことをしたのかねえ」

「そんな……おふささんは悪いことなどしていませんよ」

「母親が悪いものを食べたんじゃないか、飲んだんじゃないかとか、祖先の因果じゃないかっていう人だっているんだよ」

結実が差し出した手巾《しゅきん》をふさは受け取り、目に押し当てた。

「やだやだ。泣くつもりなんてないのに、顔が濡れちまった」

あまり思いつめずにがんばりましょう。のんびり大きくなっていく子もいますから――そんなありきたりの慰めを結実は口にできなかった。

今のふさの心に届くわけがない。

「おふささんはがんばりすぎなくらいがんばってる。私にできることなら言ってね。話をしたくなったら訪ねてきてね」

結実が言えたのはそれだけだった。

帰ろうと、入り口で草履《ぞうり》をはいていたとき、「おかあちゃん」と呼ぶ声が奥から聞こえた。転んだのか、どたんと畳を打つような音が続いた。

「どうぞ、おりんちゃんのところに行ってあげて。……それからおふささん、自分を責めないようにしてね」

ふさは「結実さん、また顔を見せて。お願いだよ」といい、りんの声がする部屋にかけていったのだった。

——人並みだったらどんなによかったか。

ふさのつぶやきが結実の胸に蘇《よみがえ》った。

誰もがしょっちゅう人並みとか世間並みと、口にする。

人並みも世間並みも、強い響きを持つ言葉だ。

人並みの範疇に入っていれば安心だけど、そこから外れた途端、世の中から弾かれ、ぺちゃんこにされるような怖さがある。

人並みであろうとしてもそうはできないこともあるのに。

そんなことを考えながら結実はいつしか眠っていた。

二

「お帰りなさい。お昼の握り飯、できてるわよ」

絹の声が聞こえ、結実は目が覚めた。ふすまを少し開けると、茶の間で握り飯を食べている源太郎と目があった。

「お帰り。もうお昼なのね」

「起こしちまったか、悪かったな」

「ううん。起きなきゃ」

「眠ったか」

「まだ眠たいけど、いつものことだし。放っておけばずっと寝ちゃいかねないから。ちょうどよかった」

結実が顔を洗って戻ってくると源太郎はすでに昼餉を食べ終え、診察室に入っていた。

「おかげさまで痛みはひいてきて」

源太郎と患者の声が障子越しに聞こえた。

「油紙をはがすからちょぃと痛いかもしれねえ。傷口を見たくなかったら、そっぽをむいていてくんな」

先日の火事でやけどを負った町火消しのようだった。

「まずまずおさまってくれたようだ。薄い膜ができてきてる。これなら、ひきつりが残らずにすむぜ」

「ありがてえ。ひきつりが残ると面倒だからな」

皮膚の深いところまでやけどが及ぶと、傷が閉じても元には戻らない。皮膚は赤く盛り上がり、堅く縮んでしまう。

首のやけどなら、そのせいで首がまわらなくなることがある。ちょっと動かすたびに胸の皮膚までひっぱられたりする。腕だと肘を曲げにくくなったり、掌だと指が動かしづらくなることもあった。

「だが、まだ火消しの御用は厳禁だ。半鐘《はんしょう》が鳴っても飛び出していくんじゃないぜ」

「……まだですかい。痛みはねえのに」

「傷をひっかけて、膿《う》んだりしたら元も子もないから。隠忍自重《いんにんじちょう》の時だよ」

「え、いんにんじちょう？　なんだ、そりゃ」

町火消しが目を白黒させたのが見えるようだった。

「今は苦しみに耐え、軽はずみな行動を取らないってことさ」

「さすが源太郎さんは難しい言葉を知ってるねぇ。けど、それをいうなら、鳴かぬなら鳴くまで待とうホトトギスじゃないのかい？」

「そっちこそ、よくそんな言葉を知ってるじゃないか」

「大御所さまのやつでさぁ。おいらにも早くホトトギスが鳴いてくれりゃいいのに。

付け火が増えていて、は組も大忙しなんでさ」

「あともうちょっとだ。必ず治るから。そんときに備えて今はおとなしく構えていような」

「源太郎さんにそういわれちゃ、無茶できねえや」

ふたりの笑い声が響く。気さくに話を聞く源太郎が医学所から帰ってくるのを待ち構えている患者も多かった。


その日、お産はなく、結実の一日は帳面付けで終わった。

結実とすずは、妊婦たちの症状や訴えを帳面に記している。

陣痛はいつから始まり、どう進んでいったか。赤ん坊は大きかったか、小さかったか。出血はどのくらいあったか。後産《あとざん》はつつがなく進んだか。

不幸にして流れたり、死産の場合も、その経過やどんな手当をしたかも、包み隠さず書く。

往診時のことも詳しく記録する。

おかげで帳面を見さえすればどの妊婦にも、ふたりのどちらでも対応することができた。産婆として行《おこな》ったことがよかったのか、悪かったのか、別の方法はなかったか考えることもできた。

最近では、大地堂にくる子どもたちのこともわかる範囲で書くようになった。結実は魚正の正之助の三日麻疹のことも記載した。昨日、ふさから聞いたりんの様子も記した。

夜、文机《ふづくえ》に向かう源太郎に結実は団扇《うちわ》で風を送った。夜になって暑さは幾分やわらいだが、やっぱりじっとりと蒸し暑い。

以前も、源太郎は夜、書物を読んでいることが多かったが、医学所に通い始めてその時間が増えた。

医学所には藩命でやってきた精鋭もいれば、蘭学に長《た》けた逸材も多い。その中で、働きながら学ぶのは生易しいものではないらしく、源太郎の横顔は真剣だった。

ふと源太郎が顔をあげ、ふりむいた。

「いい風が吹くって思ったら、結実だったか。いつから扇いでくれてたんだ？」

「だいぶ前から」

「よし、今度はおれが扇いでやる」

団扇を結実の手から奪い取ると、源太郎はばさばさと結実を扇ぎ始めた。ほつれ毛が舞い踊るほどの勢いだ。涼しいことは涼しいが、あわただしくもある。

「勉強はもういいの？」

「ずっと座ってると、体を動かしたくなってむずむずしてくるんだよ。知らないことを知るのはおもしろいが、おもしろいのと、長く座っているのはまた違うことなんだな」

「で、女房に風を送ってくれるってわけ？」

「悪いか？」

にやっと笑った。二十七にもなったのに、笑うと源太郎は少年のようないたずらっぽい顔になる。

「何か心配ごとがあるのか」

ふいに源太郎がいった。

「ちょっと気になることがあって……」

結実はふさとりんの話を切り出した。

ふさは源太郎の患者でもある。

りんのお産から今までのことを話すと、源太郎は、顎《あご》をつるりとなで考え込んだ。

「気がふさぐのも道理か……おりんちゃんが生まれてからずっと、心配を抱えていたわけだからな。……言葉も遅い。脚も弱いか……この先、ぐんぐん成長することがないとはいえないが、なかなか見通しは厳しいかもな」

「おふささん、気の休まるときがなかったんじゃないかしら」

「亭主の藤左ヱ門《とうざえもん》さんとはうまくいってるのかな」

「なんにもいってなかったから、こじれてはなさそう。でも、舅姑は母親のおふささんを責めることもあるみたいで。周りの人も、あれやこれやいってくるって」

「ひとりで受け止め切れることじゃないだろ。せっかく亭主がいるんだ。一緒に立ち向かわないと、おふささんがつぶれちまいかねないぜ」

「源ちゃん、藤左ヱ門さんのこと、知ってる？」

「何度か大地堂にきたことはある。けど、知ってるってほどじゃない。結実は？」

「お産の時に顔を見たくらい。……誰か話ができる人がいればいいけど……」

「話をするなら早いほうがいいんだがな」

さしさわることの多い話だけに、話を持ち掛ける人も、切り出し方も気を遣う。正徹か真砂、あるいは絹の顔が浮かんだが、誰であっても突然、松山に乗り込むわけにもいかない。

「とりあえず、ときどき、私、様子を見に行ってみようと思う」

そういった結実を見つめ、源太郎は苦笑しながらうなずいた。

「おりんちゃん、体を鍛えたほうがいいのかな。毎日歩くとか」

「歩くのも悪くないだろう。だがな、体がしゃんとしていないのは体の芯ができていないからじゃないのか。よくつまずくのは、足があがらないっていうことだけが理由じゃないかもしれん」

「体の芯がしっかりしていないという気はするわ」

「ほかにもさまざまなことが考えられる。自分の身体との距離を押し測るのが難しいとか、手足を連動して動かせないとか、力の調節がうまくいかないとか、動くきっかけをつかむのにてこずるとか……そうしたことが複雑にからんでいるからかもしれない。としたら歩いて足に筋肉をつけるだけではすまないようにも思うが」

「でも、放っておいたら今のままだもの」

「そりゃそうだ。……だがおりんちゃん、歩くのが好きか？　好きならやってみてもいいだろうけど」

「とてもそうは思えない」

「まだ小さいし、嫌いなものを続けるのは骨かもしれねえな」

足に添え木をしたときに、赤ん坊だった章太郎が目からぽろぽろ涙をこぼして声が嗄《か》れるほど泣いていたのを結実は思い出し、胸をわしづかみにされたような気持ちになった。よかれと思って正徹がやったことではあったが、辛い思い出だった。

「好きなことがあるか、聞いてみたの」

「あるのか」

「うん。お兄ちゃんの善一ちゃんと遊ぶのが好きなんだって。庭で竹馬をやっている善一ちゃんを見るとよく笑うんだって」

源太郎は身を乗り出した。

「それ、いいんじゃないのか？　竹馬」

「竹馬を？　おりんちゃんが？　源ちゃんたら、何をいってんのよ。転ぶわよ。歩くのさえ大変なのに」

「ひっくり返らない竹馬があればいいのか」

「あの子にみんなと同じ竹馬は危なすぎるからねぇ」

蚊やりの匂いが濃くなった。

みんなと同じ。

その言葉が、それも自分の口から出たことに、結実は気が付いた。

三

しばらくして南茅場町《みなみかやばちょう》の米問屋・山中屋がええじゃないかの群衆に襲われ、けがをした手代《てだい》や小僧、下男らが大地堂に連れてこられた。

真っ昼間、通りを練り歩きながら踊り歌っていた群衆の誰かが、山中屋の前で「札がふったぞ〜っ。山中屋だ」と叫んだとたん、群衆は暴徒にかわり、先を争って店に一気に押し寄せたという。

なだれこんできた者たちは蔵の米をすべて奪い、店に置いてあった米櫃《こめびつ》から筆や硯《すずり》にいたるまで根こそぎ持ち去った。

奉公人たちも巻き添えになった。暴徒に突き倒されて腕の骨を折った小僧や額《ひたい》を深く切った手代、転んで肩をはずした女中など、大きな怪我をした者も少なからずいて、結実とすずも手伝いに駆り出された。

「結実、亮《りょう》さんが落ち着いたかどうか、様子をみてきてくれ」

治療がひと区切りついた時、源太郎は結実にいって、庭のほうを見た。

庭の腰掛に、腕に白い布を巻いた三十がらみの男がぽつんと座り、さきほどから泣きじゃくっていた。

手当てを終えた奉公人たちが入れ替わり立ち替わり、その男を慰めていた。いい大人が子どものように泣いているのも、年若の者たちになだめられているのも異様だった。

それが亮さんこと、亮次郎《りょうじろう》だった。

ようやく亮次郎の涙も止まったようで、ぼ〜っと空を眺めている。喉も渇いているはずだと、結実は麦湯をいれた湯呑を勧めたが、亮次郎は湯呑の中をちらっと見ると、ありがとうとも言わなければ、手をだしもしない。

「亮さんは白湯しか飲まないんでさ」

手代のひとりが手招きして、結実にいった。亮次郎はお茶や酒の類は一切口にしないのだという。

「自分の決めごと通り、生きてんですよ。朝起きたら、顔を洗って、朝六ツ（午前六時）に飯を食い、入り口と庭の掃除、薪割り、厠《かわや》の掃除。昼飯は九ツ（正午）、夕飯は暮れ六ツ（午後六時）と時刻もきちっと決まってる。飯の量は山盛り一杯、お代わりはなし。判で押したように毎日同じことを繰り返す。決めごとが破られれば頭が真っ白になっちまう。だから亮さん、打ちこわしの連中にもみくちゃにされて、泣くしかなかったんだ。人とまともに話ができないから、事情もわからねえ。かわいそうに」

白湯をさしだすと、亮次郎は首をすくめるようにして頭を下げ、喉を鳴らして飲んだ。

やがて亮次郎は手代や小僧に手を引かれるようにして帰っていった。

真砂は亮次郎の事情を知っていた。

「亮次郎さんは山中屋のおかみさんの妹の息子なんだよ。実家は本所の紙問屋で大きな商売をしている」

結実は心底呆《あき》れ、憤慨もした。

「家にいたら、働かなくても安泰に暮らせるのにどうして下男をしているの？　厄介払いに追い出しちゃったわけ。ひどい話じゃない」

「あたしが亮次郎さんなら、悪くないと思うけどね。頼りになる親もいずれはいなくなる。兄弟も嫁をとり、子がうまれ……家人はそのつもりはなくても、やっかいものになってしまうかもしれない。山中屋で亮次郎さんは役に立ってるよ。それは幸せなことじゃないかい」

真砂は穏やかにいった。

「それなら家でそうすればいいでしょ。何も親戚んちに住み込まなくても」

「主の弟に掃除をさせられないとか、雇人たちはどうしたって余計な気を遣うもんだ。実家ではお客様扱いされちまいかねない。親と山中屋はそういうことも考えたんじゃないのかね」

真砂は納得している風だったが、結実は腑に落ちたわけではない。

山中屋の被害は大きく、家や店の修理もあり、しばらくの間、店を閉じることになった。亮次郎は実家に戻ったのか、それとも主家族と根岸《ねぎし》の寮にいるのか、気にはなったが、下男のことまで知る者はいなかった。

四

その日、結実がツルの往診に行ったのはたまたまだった。

すずが朝の往診で行った家で引き留められ、午後が手いっぱいになってしまい、結実が助っ人としてツルの家に出かけた。

ツルは乳の出もよく、市松《いちまつ》と名付けられた男の子も順調に育っている。

「へそも乾いてきたし、往診は今日までとさせてもらいますね」

「おすずさんや結実さんの顔を明日からは見られないと思うと、寂しいよ」

「私たちもよ。おすずちゃんも、おツルさんと市松ちゃんの顔を見るのが楽しみだっていっていたもの。でも、もう大丈夫。三人目だから安心だし。けど、何かあったら、遠慮なく、なんでも相談してね」

それからツルはふうっとため息をつき、改まった様子で頭を下げた。

「結実さん、これまでのお礼なんだけど、少し待ってもらえるかしら。こんなご時世だから、うちの人の商売も前と同じようではなくなっちまって」

ツルの亭主は花売りで、このごろ花を買ってくれる人が減っているという。

「いろんなものが値上がりして、花にまで手がまわらなくなってるんだろうって、亭主が。花の稽古に通う人も減っていて、お花のお師匠さんからの注文も少なくなって。結実さんとおすずさんには親切にしてもらって、こんなことお願いするの、ほんとに申し訳ないんだけど……暮れまでには必ずお届けしますから」

「わかりました。それで大丈夫よ」

お金が入ってこないのは困るが、ツルだってない袖は振れない。

近頃、お産の費用を待ってほしいという家が少しずつ増えていた。

それでも産婆は呼ばれれば走っていかなくてはならない。

大地堂も同様だった。患者が来れば治療をする。その後に、治療代が払えないという話がこのところ増えている。

それだけ江戸の暮らしが厳しくなっているのだ。

ツルの家をあとにする前に、結実は市松を抱かせてもらった。

市松は眠っていた。とんがった上唇がちゅくちゅく乳をすっているかのように動いている。その顔を見つめているだけで、結実の胸がじーんと熱くなる。思わず声が漏れ出た。

「かわいいわねぇ」

「結実さんも、そのうち授かるよ」

結実は浅くうなずき、市松をツルに返した。

川口町の長屋を出て、結実が北島町の提灯かけ横丁に入ったとき、向こうから幼い子どもが歩いてくることに気が付いた。その女の子は若い女房の後ろをとことこと歩いている。

なりのわりに足許《あしもと》がどこかおぼつかない。

紺絣の着物に朱色の三尺帯をしめていて、後ろで結んだ帯がふんわり揺れていた。

先を行く女房と連れの女中は話に夢中で、子どもを振り返りもしない。

八丁堀界隈の子持ちの女なら結実はたいてい知っているが、丸髷を高く結ったその女房に見覚えはなかった。

このあたりは家賃が安く、日稼ぎの者や与力《よりき》・同心《どうしん》の家に出入りする者が大勢住んでいて、人通りも多い。大八車や荷車も結構な勢いで行き過ぎる。

まだ小さいのだから、子どもの手を握って歩けばいいのに。危ないじゃない。何かあってからじゃ遅いんだから。

喉元までむっとした気持ちがこみあげたが、知っている人ならいざ知らず、見ず知らずの人によけいなことをいうのは、さすがに世話焼きが過ぎるようで、はばかられた。

江戸者は、口は悪いがこだわりがなくさっぱりしていると言われる。だが言いたいことを言えばいいというものでもない。黙っているほうが波風が立たず、気がらくだったりする。

けれど親子連れが通りすぎてから、やっぱり、よけいなお世話でも、ひとこといったほうがいいと思い返し、結実は振り返った。

もう子どもの姿は見えなかった。

そのときだった。松山から血相を変えた小僧や手代が出てきた。

「小さい子どもを見ませんでしたか」

通行人をつかまえては聞いている。

ふさも店から飛び出してきた。顔が蒼白《そうはく》だ。結実はかけよった。

「おふささん、何があったんです」

「おりんがいなくなっちまった。さっきまでは私のそばにいたのに。家のどこにも見当たらなくて。外に出て、誰かについていっちまったのかも」

もしかしたらあの女房の後ろを歩いていたのは、りんではないかと結実は、はっとした。

「おりんちゃん、どんな着物を着てました？」

「お菊のおさがりの紺絣です」

「朱色の三尺帯をしめてた？」

「ええ」

「あっちよ！　あっちに向かって歩いてた」

結実はふさとともに来た道を取って返した。

提灯かけ横丁のどん詰まりは町人地だが、そのまわりはすべて町奉行支配の与力・

同心の組屋敷地である。だが町民に屋敷地を貸す者も多く、医者や儒者、手習い所なども軒を並べている。

「朱色の三尺帯の子どもを見ませんでしたか」

「紺絣を着た、四つの女の子なんですが」

これだけ人が歩いていても、人は前しか見ていないのか。かんばしい答えが返ってこない。

「あの子ったら、またこんなことをしでかして」

ふさの声はどんどん尖っていく。

「前にもいなくなったことがあったんですか」

「何度もですよ。何も言わずに、突然、出て行っちまう。いけないといい聞かせても、こっちが何をいっているのか、わかりゃしないんだ。いったいどれだけ人の手を煩《わずら》わせたら気がすむんだろ」

怒りと焦りと不安が拍車をかけているのか、ふさの愚痴が止まらない。

「年中、はらはらさせられて、気の休まるときなんて一時もありゃしない。そこにいたかと思うと、もういないんだもの。体がしゃんとしてないくせに、そういうときだけは早いんだから。亭主は母親なんだから目を離すなっていうけど、母親だからって、ずっとつきっきりでいられるわけじゃない。亭主も舅姑も、おりんのことは私に押し付けて、文句をいうばかり。上の子のことだって面倒を見なくちゃならない。店のことだって奥のことだってやらなくちゃならない。これ以上、どうしろっていうんだ」

拝み屋に拝んでもらえば治る。信心してお布施を積めばりんは普通になるといった人もいたと続ける。

「なんで私なんだろう。この私にどうして、人並みにほど遠い、あんな子が生まれてきたんだ。私にあの子を育てる胆力なんかありゃしない。一緒に死のうと思っても、私は死ぬことさえできない根性なしなのに。……金をつめば願いをかなえてくれる神様って、それ、ほんとに神様かい？　……だいたいおためごかしに親切そうにいってくれる人たちの本心なんてわかったもんじゃない。人の不幸を話のタネにして、自分がおりんの母親でなくてよかったとおもしろがっている人だっているだろうよ。きれいごとばかりを並べるのは、どだい他人事だからだし」

そんな人ばかりじゃない、といいかけて結実は口をつぐんだ。

ふさは孤独の中で、ずっと戦ってきたのだ。おざなりの慰めなど、なんの役にも立ちはしない。

それっきりふさは唇を嚙んだ。

亀島町河岸通《かめじまちょうかしどお》りの近くで、霊岸橋《れいがんばし》に向かっていた女の子がいたという人がようやく見つかり、結実とふさは走りだした。

結実の胸に、恐れが広がっていく。

りんがいたというのは、酒や米を運ぶ船が行きかう亀島川のすぐそばだ。

りんはいつもふらふらしている。ちょっと人に押されただけで転んでしまう。たたらを踏んでそのまま、川に落ちでもしたら。

そう思うと、ぞっと結実の心が冷えていく。

「あの子ったら、どうしてこんなに遠くまで。ひとりで外に出たらいけないって、口がすっぱくなるほど言っているのに。長く歩けやしないのに。泳げないのに。……あたしが悪かった。おりんからちょっと目を離したから。気を抜いたから。……どうぞ、あの子が無事でありますように。あの子がいなくなったら私……」

次第にふさの声が震えだした。

亀島町河岸通りに突き当たったとき、子どもの弱々しい泣き声が向こうから聞こえた。

「泣いてちゃわからねえ。どこの誰か聞いているんだ。おい、言葉が通じねえのか。耳が聞こえねえのか。自分の名前くらい言えるだろ」

通りの真ん中に三十手前の男がしゃがみこみ、女の子に話しかけていた。

女の子は紺絣を着ている。

「おりん！」

ふさが大声で叫び、まろぶように駆け寄っていく。りんは顔をあげ、「かあちゃん」とふさに抱き着いた。

「よかった無事で。かあちゃん、生きた心地がしなかったよ」

ふさは嗚咽《おえつ》をもらしながら、力いっぱいりんを抱きしめた。

りんはふさの肩に顔をのせ、安心したようにほほ笑んだ。

男はへへへと笑い、りんの頭を大きな手でいとおしげにそっとなでた。

「おまえ、おりんちゃんっていう名前なのか。おっかさんが見つかってよかったな」

ふさは男に頭を下げた。

「おりんがお世話になりありがとう存じました。この子ったら、自分の名前も言えないのに、勝手に出て行ってしまって」

「名前をいえない？　そりゃまた……」

「ええ……人並みじゃないんです」

男はふさに抱かれているりんの顔を覗きこんだ。

「悪かったな。おっかなかっただろ。知らない大人から大声で、名前を言えって怒鳴られて。……名前を言えなくても、おっかさんに呼ばれりゃわかるんだな。おっかさんに抱っこされておりんちゃんが笑ってる顔、かわいらしいじゃねえか」

ふさの目から涙がこぼれた。りんが不思議そうにふさの涙をみて、また笑いかける。

「この子の笑顔は値千金《あたいせんきん》だな。こっちまで笑顔になっちまう。いい子だ。おっかさん、よかったな」

男はもう一度、りんの頭をなでた。ふさははっとしたようにうなずき、りんをまたきつく抱きしめた。

りんを抱いたふさと並んで歩きながら、結実は来た道を戻った。

ふさの表情から、険が消えていた。りんはふさの首に手をまわし、しっかりしがみついている。

店の前まで来ると、ふさは結実に向き直った。

「あの人、おりんの笑顔が値千金だって言ってくれたね。本当にそうだ。この子が笑っていてくれたら、それだけでいいんだって、私、あの人に教えてもらったような気がした」

いろいろ口汚い言葉を聞かせてしまってすまなかったと、ふさは続ける。

「言いたいことだってあるわよ。私でよかったらなんでも吐き出していいから。……でも、本当ね。おりんちゃんの笑顔は何もかも吹っ飛ばすほどかわいい」

結実が頭をなでると、りんは恥ずかしそうにくしゅっと笑った。


その晩、夕餉を食べながら、結実はふさとりんの話をした。

食事時は話厳禁という家も多いが、大地堂ではそれぞれ、その日に起きたことなどを思い思いに話すので、かしましいほどだ。

「よかったわねえ。おりんちゃんが見つかって。おふささん、どれだけほっとしたか。あの年頃の子どもは目が離せませんもの。名前だけでも言えるようになれば、おふささんもご安心でしょうに」

絹に、結実はうなずいた。

「りんが自分の名前だってわかってても、なかなか口にできないみたい」

「小さいうちは親が守ってやれるけれど、子どもはあっという間に大きくなるから、これからのことを考えると、おふささんもご心配よね」

「ひとりだちできる子どもばかりじゃないからな」

正徹が低くつぶやく。

真砂が箸をおいた。

「親は、他人様の厄介《やっかい》にならずに生きていってほしいと、子どもをしつけるものだけど、世話になることも念頭に入れて育てたほうがいいんだよ。全部そろった人間などいないし、死ぬまでひとりで生きられるものもいない。みなが自分のできることをして、助け助けられる世の中の方が安心じゃないか」

「確かにそうですな」

正徹が湯吞を持ちながら続ける。

「今は一日一日過ごしていくことがいちばんだ。だがいずれは、安心しておりんちゃんが暮らせる場所を探さないとな」

「そういえば山中屋の亮さん、根岸の寮にいるそうだよ。実家に一時身を寄せていたけど、亮さんが帰るといって、根岸に行ったとか。こっちにいたときと同様に熱心に掃除や薪割りをしているとさ」

真砂がいった。

亮次郎が下男を続けている意味が、結実はようやくわかったような気がした。

別宅に戻るとき、源太郎は診察室から持ってきた細長い風呂敷包みを携えていた。

「何が入っているの？」

「見てのお楽しみだ」

源太郎はまるでいたずらを考えついたような楽し気な顔をしている。

茶の間で、源太郎はその包みをといた。

「どうしたの、これ。こんなに足台が低い竹馬、見たことない」

中から出てきたのは小さな竹馬だった。

「足台は地面すれすれ。足台の後ろには地面に着く補助脚をつけてもらった。持ち手がついている下駄みたいだろ」

「もしかしてこれ」

結実ははっとして、源太郎を見た。源太郎がにやっと笑った。

「これならおりんちゃんも兄ちゃんと竹馬遊びができるんじゃねえのか」

善一が竹馬で遊ぶのをりんが楽し気に見ていると、前に源太郎に話したことがあった。それを源太郎は覚えていて、大工の清太郎《せいたろう》に頼んで作ってもらったという。

大工の清太郎は確か去年、腕を怪我して運ばれてきた男だ。

「源ちゃん、気にしてくれてたんだ」

「小さいころ、同じようなものを持ってたんだ。町で清さんにばったりあって、相談したら、お安い御用だって、さっそく作って持ってきてくれた」

照れくさそうに、源太郎は鼻の下を指でこすった。

町に出れば「源太郎さん」とあちこちから声がかかる。歴代の弟子の中でもっとも患者に慕《した》われる男と、正徹が太鼓判をおしたのが源太郎だった。

「これなら、ただ歩くよりおもしろいし、体の芯も鍛えられる。まあ、うまくできるようになるまでは、おっかさんについていてもらわないとならんがな」

結実はこのところずっと考えていたことを、思い切って口にした。

「源ちゃん、人並みとか世間並みって、なんだと思う？」

藪《やぶ》から棒にどうしたとか、茶々をいれられるかもしれないと思ったのに、源太郎は真剣な表情になった。

「人並み……ねぇ」

「人並みであればとかいうじゃない」

源太郎は天井を見上げ、腕をくんだ。

「……おりんちゃんのことだろ」

結実はうなずいた。

「人並みのほうが確かに世の中、生きやすいよな。だが、それから外れたからって不幸だとか不遇だとは限らないんじゃないのか。だいたいすべてが人並みの範疇に納まっている人なんているのか?」

そういわれると、結実もそんな気がしてきた。

産婆をやっている自分は変わっていると思われている。産婆を女房にして、女房の家に住んでいる源太郎だってそうだ。

真砂は武士の娘なのに町人になった。

絹は姉の亭主に嫁いだ。

章太郎は足が悪い。医者の息子だが医者になろうと思っていない。

タケの子どもふたりは手習いが終わらないのに奉公に出た。

すずは町火消しの頭の嫁なのに、子連れで外で働いている。

まわりには自分も含め、人並みの人などひとりもいない。

「人並みなんて枠は窮屈だ。人並みであろう、人並みでありたいと思いすぎると、人並みじゃないことが気になってしかたがなくなっちまう。何かにこだわればこだわるほど、料簡が狭くなるからな」

源太郎がいった。

結実は、りんの笑みを思い出した。

「なんであろうと、安心できる居場所があって、とりあえず笑いあえればいいか」

「それはいえる」

源太郎がほほ笑む。

竹馬を届けるときに、ふさに真砂のことばを伝えようと結実は思った。

できることはやる。できないことは人に助けてもらえばいい、と。

リーンリーンと、庭から鈴虫の声が聞こえてきた。

秋はもう始まりつつあった。

第二章　迷いとんぼ

一

「もうちょっと我慢してね」

「辛抱できない。生まれるー」

「あと少し、がんばろう。息を口から吐いて、痛みを逃がして。そう、おカネさん、上手だ。その調子よ」

結実と妊婦のカネは、半刻（一時間）前からこのやりとりを繰り返している。

朝七ツ（午前四時）にカネの亭主の小太郎《こたろう》が、別宅の戸が壊れるのではないかと思うほど叩き、結実は福島町《ふくしまちょう》の弥太郎長屋《やたろうながや》にあわてて駆け付けた。

カネは駕籠《かご》かきの小太郎の女房で十九歳。初産《ういざん》である。ふっくらした薄紅色の頬とくりっとした目にまだあどけなさが残っていた。

初産はえてして時間がかかるものだ。

五ツ半（午前九時）になってすずが加わっても、陣痛の間隔はさほど縮まらなかった。

昼が過ぎたころから、ようやく陣痛が強くなったものの、その状態が長く続いた。

七ツ（午後四時）の鐘が聞こえた。

カネは今や額《ひたい》に脂汗《あぶらあせ》を浮かべ、必死に奥歯を噛みしめていた。

子どもが下りてきはじめると、妊婦は赤子を押し出そうといきみたくなる。だが、十分裾《すそ》が柔らかくなり、開いてからでないと、母体が傷ついてしまう。それなのに、カネの裾がなかなか開いてくれない。

「おカネ、しっかりな！」

戸口の外で亭主の小太郎が声を張り上げたのが聞こえた。

「大きな体をした亭主があたふたするんじゃないよ。こういうときはど～んと構えてるもんだ」

小太郎をたしなめる姑《しゅうとめ》・ハルのきつい声が続いた。

姑のいう通り、小太郎は背が高く、肩幅もあり、がっちりしている。腕も足も筋肉隆々で、小太郎がかつぐ駕籠は揺れがすくなく、その乗り心地を知ったら、ほかの駕籠屋には頼めないといわれるほどで、贔屓《ひいき》も多かった。

そんな小太郎とカネが祝言《しゅうげん》をあげたとき、夫婦ではなく、親子のようだといわれた。カネの背丈は小太郎の胸までもない。丸いのは顔だけで、手足も腰も細く、後ろ姿は手習い所に通う子どものようだった。

だが、おなかの子どもは小太郎に似たのか、よく育った。臨月を迎えると、カネはまるで大きなすいかを抱えているみたいだった。

小柄な妊婦が大きな赤子を産むのは命の危険と隣り合わせである。

妊婦は、おなかの子どもの分と合わせて二人分食べていいのだといわれたりもするが、結実はカネにはよけいに食べないようにと、きつめに言い渡した。

そのかいあってか、二月前までは、カネのおなかはほかの妊婦に比べやや小さいくらいだったのだが、それからは日に日に大きく育っていった。

——なんでも口に入れたいくらい食べたい。おなかがすく。こんなこと初めて。

そこを何とか我慢してくれとカネには伝えたが、腹は大きくなり続けた。

しばらくして、姑のハルが握り飯や餅《もち》をカネにせっせと食べさせていたということがわかった。

——丈夫な子を産んでもらわないと困るから。産婆に文句をいわれる筋合いじゃないよ。

ハルに釘をさそうとしたとたん、ハルはこめかみに青筋を浮かせて食ってかかってきたと、往診から戻ってきたすずがぼやいていた。

ようやくそのときがきて、カネは男の子を産み落とした。

だがやはりカネには赤子は大きすぎた。

裾が裂け、一部に傷が深いところがあるのか、後産が終わっても出血が止まらない。

命にもかかわる事態に結実たちは青くなった。

傷口に押し付けた晒し木綿《さらしもめん》はたちまち真っ赤に染まっていく。結実たちは、次から次に新たな晒し木綿を傷口にあてた。

ようやく出血が止まったとき、結実とすずはへたへたと座り込むほど疲労していた。

だが、気を抜くわけにはいかない。

血が流れた分だけ体の回復は遅れる。

傷が膿《う》めば高熱が出て、命をもっていかれることもある。

こういうことがあるたびに、傷口を縫えたらいいのにと結実は思う。

だが針を持つ産婆など聞いたことがない。そんなことを結実が思いつくのは、身近に外科を得意とし、傷口を縫う医者である父親と亭主がいるからだ。

もし結実が裾の傷口を縫うといったら、どの女も大騒ぎして拒絶するだろう。その先に待っているのが死かもしれなくても。

お産は人の生き死にに関わるだけに、いまだに昔ながらの風習が生きる現場でもあった。

「お産のときに声を出してはならない」「産後七日間、産婦は横になってはいけない。眠ってはいけない」「風に当たってはいけない」「爪を切ってはいけない」「食べていいのはおかゆだけ」など根拠が何なのかわからないものが、金科玉条《きんかぎょくじょう》のごとく、ありがたがられる。

だが師匠の真砂はためらうことなく、こうしたことに異を唱えてきた。

――痛いものは痛い。声を出したかったら出していい。我慢しなくていいよ。

――産後は休養をとるのがいちばん。布団に横になってゆっくり眠り、ご飯もしっかり食べなさい。卵や魚も。

真砂は新しい技術を取り入れることにも積極的だった。

正徹が長崎渡りのラッパ型の聴診器を使い始めると自分もすぐに取り寄せ、妊婦と胎児の心の臓の音を聞くために使い始めた。

長年の風習を改めていくには、大きな勇気と根気が必要だっただろう。

独り立ちして、そのことを結実は実感させられている。

昔からのやり方にこだわる女が、今だってほとんどだからだ。お産と産後の順調な回復のために、真砂と同様、結実たちもおかしなことにはそうではないと説いた。

産婦を縛る、迷信の類《たぐい》のくびきを解こうとして説得を試みても、人の考えを変えるのは思ったよりずっと手間もかかれば気も遣う。

産婦だけではなく、姑や実母が自分の経験を持ち出して、噛みついてくることもある。

今は結実が朝昼夜なくお産に立ち会うため、往診を主になって行っているすずが、お産前に、本人と家人が納得するまできちんと言い含める役目を果たすことになっていた。

「おすずちゃん、先に帰って。あとは私がやるから。おタケさんも帰さなくちゃならないし」

すでに暮れ七ツ半（午後五時）を過ぎている。

「いいの？　ごめんね。結実ちゃんは明け方からずっとここに詰めているのに」

「私は大丈夫よ。また明日ね」

結実は明るくいってすずを送り出すと、部屋に敷いた油紙《あぶらがみ》で汚れた晒し木綿を包み、天井からつるした綱を取り外した。

　カネは青い顔で布団に横になっている。

「お待たせしました。どうぞ、中に入ってください」

　結実は外で待っていた小太郎と姑に声をかけた。ハルは産湯《うぶゆ》を使い終わった初孫を抱いて、長屋の女房たちに得意げに披露している。

　小太郎は心配そうな表情で中に入ってきた。カネは目を開けることもできない。

「おカネ、大丈夫か……」

「出血が多かったので、ゆっくり寝かせてあげてください。起きたら、この薬を煎《せん》じて飲ませてあげて。今のうちに煎じておくといいですよ」

　源太郎に処方してもらった貧血に効くという薬を取り出し、結実は小太郎に渡した。高麗人参《こうらいにんじん》、当帰《とうき》などが入っている。

「煎じる？　おっかさん、これを煎じろって」

　小太郎は外にいるハルに声をかけた。

「煎じるって何を？」

「薬だよ」

「誰の？」

「おカネのだよ」

「……赤ん坊を産んだばかりなのに薬を飲むなんて聞いたことがない」

孫を抱きながらぶつぶつつぶやき、部屋に入ってきたハルは床に寝ているカネを見て、金切り声をあげた。

「おカネ、何をやってんの。起きなさい。横になってるなんて、母親の風上にもおけない。子どもを産んだら七日間、横になってもだめなんだ。さ、起きて。目を開けて。寝てる場合じゃないよ」

赤ん坊を小太郎に押し付けるように手渡すと、ハルはカネの布団をはがそうとして飛びついた。

「おハルさん、静かにしてください。やっと役目を終えて、おカネさんが休んでいるのに。ゆっくり寝かせてあげてください。出血が多かったんです」

結実はあわててハルを止め、産後はよく眠るのがいちばんの薬だといい含めようとしたが、聞く耳などあったものではなかった。

「横になって寝ていい？　誰がそんなことをいってるんだい？　江戸の女は代々、こうしてきたんだ。さ、布団をあげなくちゃ。結実さん、どいておくれ。おカネ、起きなさい」

ハルに邪険に振り払われながら、すずがハルとカネに前もって話を通しておくことをしていなかったのだと結実は悟った。

重い瞼《まぶた》をあげ、よろよろと立ち上がろうとしたカネの肩を押さえ、結実はいった。

「おカネさん、寝ていて。めまいがするでしょ。赤ん坊のためにも今は寝てなきゃ！」

それからハルの腕をとって外に連れ出した。これ以上、カネに話を聞かせたくない。

井戸端の腰掛にハルを座らせ、結実は言った。

「産婦を苦しめるそんな迷信は忘れてください」

「迷信？　そんなわけがあるものか。小太郎を産んだときも、私は寝たりしなかった。苦しい思いをして、七日間過ごしたよ。だから、小太郎はこんなに丈夫に育ったんじゃないのかい」

鬼の首をとったようにハルが言いはる。

「本当に一度も寝なかったんですか。うつらうつらもしなかったんですか。そんな気がしているだけじゃないですか。丈夫な男だって七日間続けて起きてなんぞいられるわけがない。ましてや、おカネさんは子どもが大きかったから、ほかの人よりずっと出血してしまいました。ぐっすり寝てもらわないとならないんです」

「ああ、あたしゃ寝なかったよ。寝かしてもらえなかったよ。小太郎が大きかったから、あたしもだいぶ血を流したけどね」

　得意げに、ハルは続ける。

「子どもが大きくてよかったじゃないか。子どもが大きければ、育てやすい。これで、おカネがこれからの七日間がんばれば、赤ん坊はきっと丈夫に育ってくれる。そのためなら、多少の無理など買ってでもするのが母親というものだ。そうじゃないのかね、結実さん」

　すずは何度もこの家に往診で通っている。姑のハルがこういう人物だと気づいていたはずだ。

　なぜ、すずはきちんと話をしておかなかったのだとむっとする気持ちをおさえ、結実は続ける。

「今のおカネさん、本当に弱っているんですよ。そんな迷信まがいのことは……」

「迷信？　母から母への言い伝えだよ」

　仁王立ちになり、がんとしてハルが言いはったが、結実はひかなかった。

「おカネさんを今、休ませなければ、取り返しのつかないことになりかねません。あとから悔やんだって遅いんです。それほど弱っているんですよ」

　結実はきっぱりといった。

眉間に縦じわを刻み、また言い返そうとしたハルを止めたのは、湯を沸かし、握り飯を作り、お産を見守ってくれた長屋の女たちだった。

「おハルさん、そうしておやりよ。うちの嫁が子を産んだとき、同じことを真砂さんから言われたんだ。おかげで産後の肥立ちが早かったよ」

「あたしは姑に言われて七日起きていようとしたけど、乳はとまるし、目がまわるし、最後はものも食べられなくなって……あやうく死ぬところだった」

「おカネさん、出血がひどかったんだろ。それなのに寝かせないなんて……。倒れちまうよ」

「真砂さんがいってくれたから、あたしも横になって眠った。でもおハルさん。うちの子、元気に育ってるだろ」

それでもぐずぐず言っていたが、やがてハルは不承不承うなずいた。

結実は畳みかけるようにハルにいう。

「おカネさんには、なるべく精がつくものを食べさせて下さい。それから小太郎さんに渡した薬を煎じて、今日の夜と明日、おカネさんに飲ませてほしいんです」

「しばらくはおかゆだろ」

「餅、魚、卵……とにかく体に力が出るようなものを。食欲がなければおかゆでもいいですけど、食べたもので体は回復するし、乳も出るようになりますから」

長屋の女たちがうなずいた。

「真砂さんがいってくれたから、あたし、お産の後、鰻《うなぎ》のかば焼きを生まれて初めて食べたんだ。こんなうまいものが世の中にあるかと驚いた。嬉しかったなあ」

「あたしは嫁に水菓子を買ってやった。すいかと瓜を交互に毎日。夏だったからね。おかげで乳が出るっていってたよ」

ハルが薬を煎じ始める姿を確かめ、結実は家路を急いだ。

町は薄闇に抱かれつつあった。

小太郎が荷物を背負ってくれたが、結実は顎《あご》が出そうなほど疲れ果てていた。

長屋の女たちが加勢してくれなかったら、ハルを説得するのはもっと大変だっただろう。

女たちが口々に真砂の名を出したから、ハルはしぶしぶ受け入れた気がした。

若い結実はいまだに産婆として軽くみられがちだ。

結実よりすずのほうがまだ受けがいい。おとなしそうな顔立ちと物腰というだけでなく、すずはふたりの子持ちだからだ。

とは言えこんなことになったのも、元はと言えば、すずが、ちゃんとハルに話をしていないからだ。

「しっかり自分の仕事をしてよ。私にお鉢が回ってきちゃったじゃない」

結実は心の中でぼやかずにいられなかった。

二

大伝馬町《おおでんまちよう》の家の前に着くと、龍太が笑っている声が聞こえ、すずは急いで戸を開けた。

「ただいま戻りました」

「お帰り。遅かったね」

煮物のいい匂いが右側の台所から漂ってきている。その前の広い板の間の真ん中で、ムメが孫の龍太を抱いて子ども向けの絵草紙《えぞうし》を読んでやっていた。

「すみません、お産が長引いて子どもが生まれたのかい?」

「いいってことよ。で、生まれたのかい?」

「はい。男の子が」

「そりゃよかった。さ、おセイを連れて、ひとつ風呂浴びておいで。龍太は私が先に連れて行ったから。栄吉も湯屋からそろそろ帰ってくるんじゃないかねえ。あの子は烏《からす》の行水《ぎょうずい》組だから」

「はい。ありがとうございます。……龍太、おいで」

そういわれて龍太はようやくすずのところに走って来た。

以前は、すずが帰ると龍太は子犬のように飛びついてきた。だが近頃では、龍太は姑と子守りの女中にすっかりなついている。遊びに夢中の時には、すずが名を呼ぶまでこなかったりもする。

「いい子にしてたかい？」

「いい子だったよ、おりこうさんだから龍太は、ね」

龍太のかわりにムメが答えた。

「うん」と龍太がムメの顔を見てうなずく。すずの手からすり抜けるように、龍太はムメのところに戻っていく。

再びムメの膝《ひざ》に乗り、龍太は甘えた声を出した。

「おせんべ、食べたい」

「もうすぐ夕飯だよ」

ムメが苦笑しながらいったが、龍太は口をとがらせる。

「今、せんべなんか食べたらご飯がおいしくなくなっちまう。我慢をおし」

すずは龍太に強い調子でいったが、龍太はムメの首にかじりついた。

「食べたい。食べたい」

「食べた〜い」

「しょうがないねぇ。一枚だけだよ。ほら」

ムメは茶簞笥《ちゃだんす》の棚においていた鉢をとると、中に入っていたゴマせんべいを一枚、龍太に渡した。

龍太は笑顔でぱりんと食べ、ちらっとすずの方を得意げに見た。

ムメは龍太を甘やかし放題甘やかしている。

菓子を与えるだけではない。

知らぬ間に龍太のおもちゃが増えている。

龍太はコマを何個も持っているし、まだ字が読めないのにカルタもある。

庭で見かけない木刀をふりまわしているかと思えば、真新しい竹馬に乗っていたりする。

近頃ではムメは両国広小路の見世物小屋などにも龍太を連れて行き、帰りに龍太にねだられるまま、蕎麦やだんごを食べさせたりしているようだった。

けれど、ムメは孫に甘いだけの女ではない。

町火消し「は組」の頭《かしら》である吉次郎《きちじろう》の女房として、火消しの家族の世話をこまごまと焼き、「は組のおっかさん」と呼ばれる女丈夫でもあった。

中高の華やかな顔立ちで、明るい声がよく通る。栄吉の二重のくっきりした目と大きな口はムメゆずりだった。

外では人の中心で輝いているムメだが、家では亭主の吉次郎に縦のものを横にもさせない。

栄吉も、ムメが仕切る実家に戻るなり、何もしなくなった。

ふたりだけで長屋で暮らしていたときは、栄吉は率先して洗濯も飯炊きも、赤子のおむつ替えも当り前のようにしていたのに。

栄吉はムメに育てられたのだから、こうした暮らしが居心地いいのだろうが、すずはやはり寂しかった。

いずれにしてもこの家にいる限り、すずもムメの流儀の中で暮らすしかない。

湯屋に向かって歩きながら、風呂あがりの栄吉と会えたらいいなと思ったが、すれ違うことはなかった。

すずとセイが湯屋から帰ってくると、舅姑、栄吉、龍太はすでに夕餉のお膳を囲んでいた。

「龍太が腹が減ったというから、お先にはじめてたよ」

ムメが箸《はし》を止めていった。

「ありがとうございます」

龍太を持ち出されれば、礼をいうしかない。

すずがセイを背中からおろすと、栄吉が手をさしだした。栄吉は胡坐《あぐら》をかいた足の間にセイを抱いた。

「いい子にしていたか、おセイ」

「ええ。お昼にはうどんもいっぱい食べたって、おタケさんが」

「じゃ、昼飯のとき、おすずはおセイと一緒じゃなかったのか？」

栄吉が顔をあげ、すずを見た。

「明け方産気づいた人がいて、むこうに行くなり私もその家に駆け付けて。それからずっと。日のあるうちに生まれてくれて助かったんだけど」

「そりゃ、ご苦労さんだったな」

栄吉はそういい、飯を口に放り込んだ。

舅の吉次郎が顔をあげる。

「龍太をおムメに、おセイをおタケさんとやらに預けてか……女が働くのは大変だ。子どももおっかさんが恋しい年頃だろうに」

吉次郎が野太い声でいった。悪気がないことはわかっていても、すずは自分が責められているような気がした。

気をとりなおし、ムメの膝に座っている龍太にすずは声をかけた。

「こっちにおいで、龍太。それじゃお義母《かあ》さんがゆっくりご飯を食べられないから」

龍太は、首を横に振った。

「こっちがいい」

「ばあちゃんのところがいいって？　龍太はかわいいねぇ。ばあちゃんの宝物だよ。……龍太のことはいいから。おすずも早くお食べ」

ムメが機嫌よくいった。

お膳には、焼き魚と大根のなます、小松菜と油揚げの煮物、かぼちゃの煮物、しじみ汁、たくあんに蕪の浅漬けとご馳走が並んでいた。

かぼちゃの煮物と大根のなますは、おかみさん仲間のお裾分けだという。

この家には毎日、お菜が届く。それだけのことを、ムメもしているのだ。

栄吉とふたりで長屋に住んでいたころは、夜も納豆とご飯と味噌汁だけのことがあった。産婆仕事で忙しく、魚屋が売りに来る時刻にはめったに帰れない。龍太が生まれてからはなおさらで、魚がお膳に上るのは「魚が食いてえ」と、栄吉が仕事帰りに買ってきてくれたときだけだった。

実家に戻り、毎日、たくさんのお菜が並ぶお膳を前にできるようになったことを、栄吉は喜んでいるに違いなかった。

皿洗いをして、すずが部屋に戻ると、物干しから取り入れた洗濯物が山となっていた。

同居した当初、ムメはすずたちの洗濯物まできちんと畳んでおいてくれた。ありがたいとは思ったが、自分のお腰や肌着、セイのおしめ、龍太の腹掛けと栄吉のふんどしまで、ムメの世話になるわけにはいかない。

――お気持ちはありがたいんですけど、私が畳みます。ただ、乾いたものを取り入れるところまではお願いしていいですか。

――水臭いね、たいしたことじゃないから一向にかまわないんだけど、でもおすずがそういうなら。

ムメは以来、洗濯物を欠かさず取り入れてくれている。

一度、栄吉がおしめを畳んでいたら、ムメが「男のやる仕事じゃないよ」とすっ飛んできたという。栄吉にやらせるくらいなら、自分がやるとムメが畳んだと聞き、すずのほうから栄吉には洗濯物畳みはしなくていいといった。

産婆をしていることを面と向かって咎《とが》められたこともない。龍太の世話も食事の用意も機嫌よくやってくれる。至らぬ嫁だと叱られることもない。

ムメは文句をつけたら罰があたるほどいい姑だ。

だが、家に戻るとすずは息が詰まりそうになる。

その晩五ツ（午後八時）過ぎに、近くで半鐘《はんしょう》が鳴った。ようやく龍太とセイを寝かしつけ、すずもうとうとしかけたときだった。

栄吉は跳ね起きた。すずもあわてて布団から出る。

栄吉は腹当に股引、紺足袋を素早く身に着け、壁にかけてある「は」と染め抜かれた刺子《さしこ》半纏《ばんてん》をしゅっとはおった。刺子頭巾《ずきん》、刺子手袋をはめ、帯をきりりと締める。

すずは草鞋《わらじ》をはいた栄吉に切り火を切った。

「ご無事で」

「龍太とおセイを頼む」

七本源氏車二つ引き流しの陀志《だし》がついた纏《まとい》を握り締め、栄吉は走り出ていく。

続いて、やはり火事装束を身に着けた吉次郎がムメとともに出てきた。

「栄吉は行ったか」

「はい」

若手の平人が数人、駆けてきた。

「頭！　火元は富沢町《とみざわちょう》の三平裏長屋でござんす。表長屋に延焼してる模様で」

「火を広げるな。急げ」

吉次郎も平人に囲まれるようにして出て行った。

町火消しは上に組を統率する頭をいただき、纏持ちと梯子《はしご》持ち、鳶人足《とびにんそく》の平人、そして下人足の土手組からなる。は組は頭から平人までだけで、六百人近い。

家では人のよいじいさんにしか見えない吉次郎だが、町のもめごとの仲裁なども行う、頼りにされる顔役であり、湯屋や芝居小屋は木戸御免である。

町火消しの頭は、力士、与力と並んで江戸三男と呼ばれる男伊達で、誰もが一目も二目もおく男の中の男だった。

すずは外に出た。

富沢町のほうから夜空に白い煙と赤い炎が立ち上っている。

「怪我人が出ないといいけど」

町火消しの女房たちも続々と駆けつけ、不安な気持ちを口にする。

半鐘はやまない。

家に戻ると、台所から米が炊ける匂いがした。

ムメが集まってきた女たちの前に立った。落ち着いた口調でいう。

「さ、ご飯が炊けた。握り飯作りを手伝っておくれ。男たちが命をかけて町を守っている。女も負けずに手を動かすよ」

女たちは、手ぬぐいを姉さんかぶりにして、たすきをかけ、前掛けを結んだ。

「火事とけんかは江戸の華」といわれるほど、江戸の町には火事が多かった。

膨大な人々が狭い土地に密集して暮らす町人地はいったん火が出れば、燃えるものがなくなるまで炎がなめつくす。春から秋にかけては南風や南西の風が、冬には北からの空っ風が拍車をかける。

それを消すだけの水は江戸にはなかった。「竜吐水《りゅうどすい》」という手押しで水を出す道具はあるにはあったが、役に立つのはせいぜいぼやまでだ。

分厚い半纏に水をかぶせて火の粉を防ぎ、風下側の家屋を壊すのが火消しの仕事だった。棒の先端に鉄製のカギがついた鳶口をふるい、さすまたで柱や梁《はり》を突き、大のこで家や長屋を次々に倒していく。

このとき、纏持ちが高く上げる纏が火消口となる。纏が上がった地点から風下にある建物を破壊するという目印だ。つまり、火事の炎にいちばん近い場所で纏持ちは屋根に上り、纏を振り続けなくてはならない。

纏は同時に火消しが消火にあたっていることを町の人達に知らせるものでもあり、纏持ちの誇りは、他の組にさきがけて現場に一番乗りをすることだ。

は組受け持ちの富沢町の火事では、栄吉は真っ先に到着し、纏を掲げなくてはならない。

今頃、栄吉は炎のすぐそばで火の粉を浴びながら纏を振っていると思うと、その纏持ちは自分の亭主だと胸を張りたい気持ちと、どうしようもない不安で、すずはいてもたってもいられない。

半纏に水をしみこませていても、火事のたびに、栄吉はやけどを繰り返す。小さな水膨れのこともあれば、皮がむけるような重いやけどのこともある。

かつては、一番乗りを焦るあまり、火に近づきすぎ、乗っていた屋根に火が移り、家が崩れ、炎にまかれて命を落とした纏持ちもいた。

纏持ちに限らず、火消しは命の危険と隣り合わせだ。やけどはもとより、家を壊している最中に、とがったものを踏んだり、屋根から落ちたりする者も少なくない。

「けが人を頼む！」

やがてやけど、打撲《だぼく》、切り傷を負った火消しが家に運ばれてきた。すずは率先して怪我の手当てを買って出た。大地堂で手伝いを重ねてきたすずは外科医の門前の小僧といっていい。

「傷口は水で洗ってください。目に見えない汚れが傷の中に残っていると膿《う》んでしまうので、何度もきれいに水で流して」

すずは控えていた女たちにいった。

切り傷、擦《す》り傷を洗った後には軟膏《なんこう》を塗り、油紙で保護する。

怪我の程度を見極め、すずは女たちに指示し、女たちの手に余ると思えばすずが対応した。

そのとき、大勢の足音が聞こえ、戸板にのせられた男が運び込まれた。

男はうめき声をあげていた。焦げ臭いにおいがした。

すずの胃の腑が縮みあがった。

栄吉だったらどうしよう。おそるおそる覗き込むと、下人足の土手組の若い男だった。この人に申し訳ないと思いつつ、ほっとする自分がいた。

「火の粉を浴びて、半纏が火を噴いた」

半纏は半ば焦げており、血と燃えかすでどろどろになっている。自分の手にはおえないとすずは瞬時に判断した。

「このまま大地堂に運んでください。急いで」

半鐘が鳴りやんだのは、八ツ（午前二時）近かった。

それからもすずは女たちとともに、火消したちの傷の手当てに追われた。

「おすずさんは怪我人の手当ては頼りになるね」

「血を見てもびくともしない。たいしたものだ」

「お産婆さんだからね」

女たちのほめ言葉を、すずは少しも嬉しいと思わなかった。

栄吉がまだ帰ってこない。栄吉の無事の顔を見るまでは気を緩《ゆる》めることができない。

亭主や息子が戻ってきた女は安堵した顔で家に戻っていく。

半鐘が鳴るなり、町火消しの女房がこの家に集まるのは、胸が騒いでひとりで亭主や息子が戻ってくるのを待っていられないためかもしれなかった。

栄吉と吉次郎が帰ってきたのは半鐘が鳴り終えてから半刻以上も後だった。

あたりを歩き、完全に火が消えたかどうか、確認していたという。

栄吉は腕と頰に軽いやけどをしていた。すずがその手当てを終えると、東の空が白んでいた。

すずは、どんなことがあっても、どんなときにも必要とされる仕事を持ちたいと決めて、産婆になった。

安政の地震の後、父親の仕事がなくなり、食うものにも困り、道に生えている草まで食べたことを忘れることはできない。

まずいどころではなかった。飲み下すのがつらく、泣きながら食べた。そうしなければ飢えて死ぬしかなかった。

真砂が弟子にしてくれた時、これで一生、食べていけると思った。やっと自分の生き方が定まったとも思った。

だが、これからのことを思うと、気持ちがぐらついてしまう。

子育てと、火消しの頭の家の嫁としての役割が、重くのしかかっている。

産婆をやめれば、すべてが今よりずっとうまくまわっていくだろう。

それでも、すずは産婆を続けていきたかった。

栄吉は命をかける仕事だ。万が一のことなど考えたくないが、万が一ということがないわけではない。

ムメは何が起きても、町火消し同士は助け合うから大丈夫だという。怪我をして働けなくなったり、亡くなってしまった火消しの家に、ムメは見舞いに行き、盆と正月は餅や食べ物を届けもする。

だが、そうした施《ほどこ》しだけで暮らしがまかなえるものではない。世の中はそう甘くないことを、すずは身に染みている。

産婆ならば、女手一つでも、子どもを育てられる。そのうえ、産婆は赤子がこの世に出てくるのに立ち会える、かけがえのない仕事だった。

三

二日ばかりした日の午後、元大工町《もとだいくちょう》の貸本屋「文栄堂《ぶんえいどう》」のとせが産気づいたと、店の小僧が走ってきた。小僧は姑の走り書きの文を持参していた。

文に目を走らせた結実の顔色が変わった。

「腹から水がでてしまったって……二人目だし。急がなくちゃ」

「そりゃ待ったなしだ。しっかりおやり」

出て行こうとする結実とすずに、真砂が出て声をかけた。

腹の水は赤ん坊を包んでいた羊水《ようすい》のことだ。

羊水が出るのは順調であれば、陣痛が進み、裾が開いて、出産の準備が整ったときだ。

まれに、その前に羊水が流れてしまうこともある。だからといってさわりが出ると決まったものではない。

だが、羊水がなくなると、お産が急に進むことも多かった。包んで守っていたものが失われたために赤ん坊が弱ることもあった。

すずは帰宅時刻ぎりぎりまでお産に立ち会うために、セイをおぶって向かっていた。セイを連れて行けば、文栄堂から直接、家に帰ることができる。文栄堂なら子守を頼める女中もいるはずだった。

新場橋《しんばばし》を渡り、日本橋通りを横切ろうとしたとき、「あっ」と声をたて、すずが前につんのめった。

日本橋通りは文字通り、日本橋から続く通りで、時間を問わず人でごった返している。行き過ぎる大八車《だいはちぐるま》も多い。

すずは京橋《きょうばし》のほうから歩いてきた人とうっかりぶつかってしまったようだった。

すずが倒れた衝撃で、セイが火が付いたように泣きだした。

「大丈夫？」

「侍の魂、刀にぶつかってくるたぁ、無礼千万」

すずに駆け寄り、抱き起こそうとした結実の耳元で、割れ鐘のような罵声《ばせい》がさく裂した。

結実の体がこわばった。

ぎょっとしながらふりむくと、浪人が三人、ぎらぎらした目ですずと結実を射すくめている。その中のひとり、痩せて小柄な浪人が刀に手をかけていた。

まさか、刀を抜こうというのか。

すずと結実を斬ろうというのか。

相手が町民であっても、通りでぶつかったくらいで侍は下手に無礼討ちなどできないはずだ。

万が一、そんなことをしでかしたら、侍は徹底的に調べ上げられ、正当な理由がないとなると、江戸追放や斬首、家名断絶、財産没収となることもある。

結実は浪人に向き直り、膝をつき、頭を下げた。

「私たちは産婆でございます。どうぞご無礼の段、お許しくださいませ」

「失礼いたしました」

あわててすずも手をつき、頭を深くさげる。その背中でセイが泣き喚《わめ》いている。

通りを歩いていた人たちが足を止め、みるみる人垣が厚くなった。

「産婆だろうがなんだろうが勘弁ならん。侍の魂が汚された」

「お産に駆けつけるところでございます。先を急いでおりました。どうぞ、堪忍してください」

「ならん！　この落とし前、つけてもらう」

するとと、取り巻いていた人々から次々に声があがった。

「火急の産婆は、大名行列を横切ってもお咎めなしとされてるんだぜ」

「侍だからっていばりくさってるんじゃねえや」

「侍の魂？　ぶつかったからへこんだってか。やっすい魂だな」

「産気づいた女房が待ってるっていってんじゃねえか。てめえも母親から生まれたんだろ」

「かわいそうに赤ん坊が泣いてるってのによ」

浪人は悔しそうに顔をゆがめている。江戸に来たての侍のようだった。

長く江戸にいれば、こんなことをしでかせば侍といえど、町人から罵声を浴びせられかねないとわかっている。

とせの姑・みわが走ってきたのはそのときだ。結実たちの到着を待ちかね、外に出たところで、この騒ぎに出くわしたのだろう。

みわはためらうことなく、腰をかがめ、結実とすずの手を取った。

「結実さん、往来で何やってんだ。早く来ておくれよ！　もう生まれそうなんだ」

その声に、野次馬がいっそう色めき立った。

「貸本屋の若女将がお産か？　そりゃてえへんだ。浪人にかかずりあってる場合じゃねえよ」

「ちょっとぶつかっただけで、ぐたぐた面倒くさいことといいやがって」

「人でなし！　早く産婆を行かしてやれ」

結実は浪人の顔をきっと見た。

「よろしゅうございますか。妊婦が待っております」

「……去《い》ねっ」

浪人がいまいましげに言うやいなや、結実とすずは軽く頭をさげ、みわとともに走り出した。

それから半刻たらずで、とせは赤子を産み落とした。

「おめでとうございます。かわいい女の子ですよ」

「元気に生まれてきてくれて嬉しい」

産湯《うぶゆ》をつかわせた赤子を見せると、とせは涙ぐんだ。

みわは満面の笑みだ。

「二代ではじめての女の子だよ。私が産んだのは男ばかり三人。これでようやく女の子を抱くことができる」

結実はそのときになってようやく、浪人との一件を思い出した。

陣痛に苦しむとせを目にした途端忘れていた、浪人への怯えと憤りが戻ってきた。

結実はみわに頭を下げた。

「おみわさんのおかげで、私たちも九死に一生を得ることができました」

「そんな大げさな……けど、あんな芋侍が大きな顔をして困ったもんだよ。産婆に向かって益体《やくたい》もないことを並べて。いやな世の中になっちまったもんだ。この子のためにも穏やかな世の中が戻ってきてほしいよ」

みわは赤子の顔をみつめながらつぶやいた。

後産が終わると、結実はすずにいった。

「先に帰って。残っているのは後片付けだけだからひとりで大丈夫。荷物はさっきの小僧さんが持ってくれるっていうし……それにしても、さっきは怖かった。震えたわ」

「かばってくれてありがとう。気がついたら弾き飛ばされていて。あの怖い目を見たら、もうだめだと私も思った。ここで死んだら龍太に申し訳ないって心の中で、手を合わせてた」

「気をつけて帰ってね」

「結実ちゃんも」

お産の間、面倒をみてもらっていた文棠堂の女中からセイを受け取り、すずが出ていく。

「赤ん坊を抱えて産婆をやっているんですね。……えっ、もうひとり、家に待ってる？ ふたりの子のおっかさんか。おっかさんの産婆さんならなお安心だ。子どもを産んだことがないんじゃ、お産の痛みとか、ほんとのところ、わからないものね」

すずを見送りに出た女中の声が聞こえた。

後片付けを終えると、結実は小僧を伴い、家路についた。

日は傾き、町は茜色に染まり始めていた。

浪人に土下座した日本橋通りに来た時、ざわっと結実の髪が逆立った。危ういところだったと、そのときのことが改めて胸に迫ってくる。

そのとき、裏通りから出てきた女房が結実に声をかけた。

「結実ちゃん、お産すんだ？ 無事に生まれた？」

男の子の手をひき、女の子をおぶっている。湯屋にいくのか、男の子の首に手ぬぐいがかけられている。

刀鍛冶《かたなかじ》の女房のたづだった。このふたりの子を取り上げたのも結実だった。

「おかげさまで元気な女の子が生まれました」

「そりゃよかった。ご苦労様だったねぇ。……さっきは血の気がひいたよ」

「あのときおたづさんもあの場にいたの？」

「うん。助けに入れるものなら入りたかったけど、足がすくんじまって何もできなくて。ごめんね」

「何言ってんの。相手は刀を持った侍だもの。当たり前よ」

「文栄堂のおみわさんが割って入ってきて、ほっとしたのなんのって。……浪人が我が物顔で悔しいったらありゃしない。……あいつら、江戸者じゃないよ」

「あいつらだって」

侍をあいつらよばわりする威勢のよさに、結実はくすっと笑った。

「あいつらで十分よ。このごろじゃ、江戸一番のこの通りも田舎もんが闊歩《かっぽ》するようになっちまった」

憤懣《ふんまん》やるかたない表情でいい、たづは千代田の城のほうをみた。

「新しい公方《くぼう》様は京からいっこうに帰ってこないし。どうなってんだろうね」

「早くお城に入られたらいいのにね」

「ねえ、結実ちゃん。攘夷《じょうい》って何？」

たづは声をひそめて聞いた。

「攘夷？　私もよくわからないけど、異人を追い出すってことじゃない」

「追い出す？　どうやって」

「港に船が入れないようにするとか？」

たづは目を大きく見開いた。

「そんなことできるの？　横浜に異人の船が入っていいって、先方にいっちまったんでしょ。だから、はるばるやって来てるんでしょ」

「一度、いいって言っておいて、やっぱりだめでしたって、相手がいくら異人でも、言いにくいよね」

「向こうだって、話が違うって怒るわよ。それで戦になったりでもしたら。……亭主のところに、刀が山ほど持ち込まれてるんだ。研《と》ぎの注文ばかりだよ。うちとしちゃ、商売繁盛でありがたいばっかりだけど、何十年もほっぽらかしだったものも多くてね。質入れしたものを慌てて請け出して持ってきたのか、質札がついたままのものもあるの。質札くらい取り外してよこしたらいいのに……」

「侍が戦の用意をしてるってこと？」

「そうでもなきゃ、刀を研ぎに出す？」

「……いやだな」

「でもさ、異人は刀じゃなく、短銃を使うっていうじゃない。いくらうちの亭主が切れ味鋭く研いだ刀でも、短銃や大筒相手じゃあ、役に立たないよ」

「でもまさか、戦なんて」

「西の方じゃ、やってるって聞いたよ」

「江戸じゃ、戦はありえないよ。公方様のお膝元だもの」

「そうよね。そうだよ」

たづは自分に言い聞かせるようにうなずいた。

帰宅すると、絹が血相を変えて結実を出迎えた。

「浪人に斬られそうになったんですって？　無事で良かった。肝が冷えたわよ」

大地堂にやってきた患者からことの顚末《てんまつ》を聞かされたと、絹が胸をおさえながら言う。

待合室は、町の噂のたまり場所でもあった。

真砂まで「これからはもっと気をつけて前を向いて歩かないと」などと、結実にいう。浪人にぶつかったのはすずではなく、結実だと、みな思い込んでいた。

結実も所帯を持ち、産婆として先頭に立って働いているのに、結実はおっちょこちょい、すずはおとなしく実直者という修業時代からの決めつけがいまだに抜けていない。

思いのほか、むかっ腹が立ち、結実はぶっきらぼうに言い返した。

「私じゃないよ。おすずちゃんがぶつかったの」

「おすずが……まあ」

真砂は言葉を切り、口を閉じた。それから低い声で続けた。

「おすずがうっかりするなんて、やっぱり疲れているんじゃないかい？　子どもの世話もあるし、このところ、火事が増えているだろ」

真砂が気遣わし気な表情になった。

先日の夜中、大火事が起きた。

付け火が原因で、富沢町の一角が丸焼けになった。

翌朝、すずは疲れ切った顔でやってきた。目の下が真っ黒だった。

それでもいつも通り往診で産婦の家を回った。ようやく帰宅したすずは、セイに乳をやっているときも、うとうとしていた。

産婆の仕事を続けるために、龍太の世話を姑に頼もうと、すずは栄吉の実家に戻った。姑のムメはその気持ちを分かってくれ、応援してくれているとも、すずは結実には言っていた。

真砂はため息をついた。

「火事が起きたら、栄吉さんは飛び出していく。火消しの仕事は命がけだ。栄吉さんが戻ってくるまでおすずはその身を案じて、一睡もできないに違いない。おムメさんは、は組の頭の女房だ。火消したちのために飯を炊き、握り飯を作る。すずは夜中だろうが何だろうが手伝っているだろう。怪我人の手当てだって率先してやっているだろうよ。おすずはそういう子だ。産婆、子育て、町火消しの頭の嫁……どれもちゃんとやろうと思ったら体がいくつあっても足らないよ」

以前のすずは、子育てや家の話を結実に笑い交じりによく打ち明けていた。

子どもが夜泣きをして困る、お菜をつくるのが面倒くさい、洗濯物を取り込み忘れて雨に濡れてしまった……。

栄吉が言われたことしかやらないのが腹が立つ。姑はいい人だけど世の中すべて、自分の思い通りにいくものだと思っている、舅は外ではいい格好をしているが、家の中では普通のじいさんにしか見えない……。

だが、このごろ、めっきりすずの口数が減った。

別宅は子どもの声がして年中、にぎやかだけれど、大声でしゃべって笑っているのはタケだ。

乳をやっているときだけでなく、帳面をつけながら、すずが目をつぶって眠っていることもある。疲れているのだろうと、結実はずっと見て見ぬふりをしてきた。

栄吉とふたり、長屋で暮らしていた時よりも、今の方がくたびれ果てているようにも見える。

すずの亭主・栄吉は読売にも載ったことがあり、一時、江戸の女の心をわしづかみにしたほどいい男だ。

浅黒い肌に大きな目、引き締まった口元、豪快な笑い声、愛嬌あふれる笑顔……火事装束に身をかため、韋駄天《いだてん》のように真っ先に火事場に走り、炎をにらみながら、天に向かって源氏車二つ引き流しの纏をふりあげる栄吉の絵姿は、うっとりするほどかっこよかった。本物の栄吉をひと目見たいと、江戸中から若い女が大伝馬町の家に押しかけた。

実を言えば結実も、栄吉に憧れたひとりだった。

栄吉に話しかけられると、結実は天にも舞い上がるような気がした。栄吉とたまたま行先が同じ方向で町を一緒に歩いたときには、どこまでもこの道が続いていたらいいのにとも思った。

その恋心をうきうきしながら、すずに打ち明けたりもした。

けれど、そのときにはすでに、すずは栄吉といい仲になっていた。すずはその気振りさえ見せなかったが、夜中に抜け出し、栄吉と逢引きを繰り返していたのだ。

ふたりは幼馴染《おさななじみ》で、子どもの時からひかれあっていたという。それを知らされたときの結実の衝撃といったらなかった。

すずにだまされたと、猛烈に腹も立った。

もちろん、今では栄吉への恋慕など、すっかり終わった話で、結実は源太郎と、すずは栄吉と一緒になってよかったと心底思う。

かつて、結実が勝手に栄吉を好きになり、勝手に苦しんだことがあったというだけの話だ。

すずは朝にこちらに来て夕方には帰宅する。

お産は長くかかるので、昼のお産であっても、すずは最初から最後までつきそえないことも多い。夜のお産、早朝のお産は、結実ひとりで立ち会っている。

仕事の負担も責任も、比べ物にならないほど、結実のほうが重い。

子どもを育てながらでもすずが産婆を続けられるように、結実なりに気を遣ってきたつもりだった。

だからこそ、すずに割りふった仕事をきちんとやってほしいのに、この間はカネと姑ハルに古いしきたりにこだわることはないと伝えることさえ忘れていた。

その尻ぬぐいをさせられたのは結実だ。

今日だって、夕方になるとすずは帰って行った。子どもの世話があるから。

欲しいものをすべて手に入れているのは、すずだ。

けれど誰もがすずをかばう。産婆の仕事を熟知している真砂でさえ、すずは疲れている、がんばっているという。

結実はやって当たり前だと。

すずはずるいと、結実は初めて思った。

四

その晩、正徹の兄・山村穣之進《じょうのしん》が酒を持ってやってきた。

穣之進は馬喰町《ばくろちょう》で代々続く公事宿《くじやど》を営んでいるが、数年前から公事宿は長男と番頭にまかせ、自分は北辰一刀流《ほくしんいっとうりゅう》の桶町千葉《おけちょうちば》で師範を務めていた。

だが、この八月に京都で起きた暗殺の下手人が北辰一刀流の門人だったために、桶町千葉の定吉と、重太郎もこの事件に連座して謹慎を命じられたのである。暗殺されたのは新将軍の腹心だった。

だが、穣之進の元には今もさまざまな人物が訪ねてきているらしく、相変わらず、江戸のみならず京の情報にも通じていた。

「近頃、怪我人が増えて、繁盛しているんじゃねえのか」

穣之進が正徹に酒を注ぎながらいう。

正徹は苦笑した。

「兄貴はすぐそういうことをいう。患者は少ないほうがいいんだよ。しかし、うかうか町を歩いてもいられない。今日も結実とおすずが浪人にあわやという目にあわされて」

「結実が？」

穣之進は驚いて結実を見た。結実がこくんとうなずく。

正徹が一件を打ち明けると、穣之進は顔をしかめた。

「それはまた……おすずがぶつかっちまったんじゃなく、向こうからおすずにぶち当たってきたんじゃないのか。このごろ、増えてるんだ。そうやって因縁をつけて、金を巻き上げるって手合いが」

「……まさか当たり屋？」

「そのまさかだよ。志士を名乗り、大店《おおだな》に狙いを絞り、ゆすりまがいのことをしてた輩がいるだろ」

——今は危急存亡のとき、われわれは尊皇護国のために働いておる。ついては金子《きんす》をこれだけご用意いただきたい。その金子を役立てさせていただく。

こういって店に押し入り、刀をちらつかせ、差し出された金を懐《ふところ》に入れて、悠々と去っていく連中だ。

その手合いが増えて、このごろでは、日銭を稼ぐのに汲々としているような小さな店や居酒屋にまで押し込んでいる。

「しかし当たり屋とは。今時、ならず者でもやらんだろうに。そのうえ、相手に産婆を選ぶとは」

「たちが悪すぎる」

「有象無象《うぞうむぞう》の奴らが江戸に入り込んでるからな」

「結実、夜、お産に呼ばれたときには必ず、誰かと一緒に行くんだぞ。帰りもだ」

笑みを消して言った正徹に、結実は黙ってうなずいた。

穣之進は渋い表情で盃をあけた。

「当たり屋だけじゃない。先日、神楽坂《かぐらざか》で辻斬りが出て、湯島《ゆしま》の米問屋の手代が斬られたそうだ」

絹はこわばった顔で結実を見つめる。

「こんなときでも産婆を続けないといけないの？　産婦の家に産婆が命がけでいかなくちゃならない世の中だなんて……」

「赤ん坊は待ったなしだもの。大丈夫、迎えの人か五助さんと一緒に行くから」

結実だって命は惜しい。

だが、結実は呼ばれたら行く。それが産婆だからだ。

「これですむとも思えん。ますます物騒になるかもしれん」

「公方様が江戸にもどってこられたら変わるかもしれないのに」

公方様びいきの絹がつぶやいた。

思案顔の穣之進が言う。

「江戸に帰ろうにも帰れないんだ」

「え、どうして？　公方様のお住まいは千代田のお城じゃないですか」

穣之進が公方様こと、新将軍・徳川慶喜について話し始めた。

慶喜は水戸徳川家から一橋家の養子にいった人物だという。

黒船が来航したのは、慶喜が一橋家を継いだ六年後のことだった。

このとき慶喜は井伊直弼《いいなおすけ》の強引な開国政策や、朝廷を無視した政治姿勢に反対を唱えたために、安政の大獄では隠居謹慎の身となった。

「もの言うお方なんだ」

桜田門外の変で井伊直弼が斃《たお》れると、慶喜は謹慎を解かれた。

「もともと将軍職にはこだわらないお方だったらしい。家茂さまが公方様になられると、将軍後見職に就任して、幕政に携わられた」

「実務のお方のようだな」

正徹がいった。穣之進が顎に手をやる。

「ああ、前の公方様が上洛を果たしたときには、慶喜さまが一足先に上洛し、将軍の名代として朝廷との交渉などもなさって、陰になり日向になり幕政を支えられていたそうだ」

家茂亡き後、慶喜は将軍就任を固辞したという。

「じゃ、仕方なく、しぶしぶ公方様になられたというんですか」

絹は不満げに唇をとがらせた。

「恩を売った形で就任することで、政《まつりごと》を自分の有利に進めようとなさったんじゃないかともいわれてる」

「それでなくても、難しい時期の舵取りだからな。政治がわかるお方だけに逡巡もおありになっただろうよ」

正徹がうなずくと、絹は小さくため息をもらした。

「こんな世の中だからこそ、章太郎もそろそろ本腰をいれて勉強をはじめねばなりませんね」

突然、絹に話をふられて、「え、私？」と章太郎は目をぱちくりさせた。結実がうらやましくなるほど、章太郎は整った顔をしている。

「私はまだ……」

「おっかさんのいう通りだ。章太郎。こういうときこそ勉学に励まんといかん」

すかさず、穣之進が上から押しこむような声でいい、章太郎の顔を覗き込んだ。

章太郎は首をひき、無言でうつむいた。

「今も四谷には通っているのか？」

章太郎は三年前から、四谷に住む関根《せきね》雲停《うんてい》という当代一、二を争う本草《ほんぞう》画家のもとに通い、絵を学んでいた。

絹は首を横に振った。

「何かあってからでは遅いので、今月から休ませておりますの。四谷は遠いですし」

「それがいい。絵では食えんだろう。そろそろ医学所に通うのか」

章太郎が嫌な顔をしているのにもかまわず、絹と穣之進は話を進める。

「医学所は章太郎にはまだ早いでしょう。章太郎の年頃の子どもはまだ通ってないようですよ」

助け船をだした源太郎に、章太郎はほっとした顔を向ける。

穣之進は源太郎の盃に酒をついだ。

「そうじゃった。源太郎がようやく学ぶ気になって、医学所に通い始めたんじゃった。どうだ？　毎日行っとるのか」

矛先が源太郎に代わった。源太郎はさらりと言う。

「午前中、通っております。学ぶこと自体はおもしろいのですが、蘭語がわからなくてねぇ。日本語とまるっと違いますから。四苦八苦してますよ」

「源太郎は患者に人気があるから、こいつが医学所に行くようになって、午前中は患者が少なくなった」

正徹がいたずらっぽい表情で言うと、源太郎は苦笑いをして手を横に振った。

「そんなことないじゃないですか。すぐそういうことを言って、先生は人をからかうんですから」

朝は朝で、早起きの年配の患者で今もいっぱいなのだ。

「いずれにしても、章太郎が医学の勉強をはじめ、結実に子どもが生まれれば万々歳だな」

気がよく、ざっくりとした性分の穣之進は人の気も知らず、言いにくいことをするっと口にする。

これで結実が傷つくとは思いもしないのだ。

気にしない。穣之進伯父さんはそういう人なのだから。

結実は心の中でそうつぶやかずにはいられなかった。

その夜遅く、また半鐘が鳴った。

「村松町《むらまつちょう》だ。また付け火だとよ」

日本橋川を渡って逃げてきた人が唇を震わせていた。

五

その夜明け前、北紺屋町《きたこんやちょう》の袋物屋「藤屋《ふじや》」の女房・いよが産気づき、七ツ（午前四時）過ぎに結実は寝ぼけ眼をこじあけ、大急ぎで駆けつけた。

いよのお産は三度目で、長男は五歳、次男は三歳だった。前に引き続き、今度も安産で、五ツ（午前八時）には男の子が生まれた。

「おめでとうございます。順調なお産で、おいよさん、立派でした」

「また男の子か。女の子が欲しかったんだけど」

いよは苦笑していたが、産湯をつかった赤子を抱かせると、とろけそうに優しい表情で顔を見つめ、頰を寄せた。

「よく生まれてきてくれたね。やんちゃな男の子になってね」

そのとき、すずが入ってきた。

「あら、もう生まれたの？　おめでとうございます。かわいい。女の子？」

「男の子」

いよがほほ笑んだ。いよは、すずの亡くなった姉の友だちで、すずとも懇意にしている。

「後産《あとざん》は？」

「これから」

「じゃ、私が代わるわ、結実ちゃんは帰って休んで」

すずがたすきをかけながら言う。

「おすずちゃん、昨日、寝てないんじゃないの？　昨晩も火事があったでしょ」

「……慣れているから。ほかにもいつお産が始まるかわからない臨月近い妊婦さんが何人もいるし、結実ちゃんには休めるときには休んでほしいの。おいよさんとは私、長いつきあいだしね」

「じゃ、お願いしようかな」

結実は先に家に帰り、二刻（四時間）ほど夢も見ずに眠った。

起きると、すずはすでにいよの家から戻り、いつもの往診に出かけていた。

結実はいよの帳面を開いた。あれ？　っと首をひねった。

いよのお産までの経過が抜けていた。すずは何度も、いよの往診に行ったはずなのに、帳面に記載がない。

たまたま忙しくて忘れたのかもしれないと思い、その分だけ空白を開け、結実はいよのお産の進み具合など、詳しく書き込んだ。

つつがなくその日が終わり、みなが帰った後、何気なく結実はいよの帳面をもう一度、取り出した。往診の後、すずは文机《ふづくえ》に向かっていたような気がしたが、空白はそのままで、いよの後産のことも何も書いていなかった。

ふと気になって、すぐそばにあったとせの帳面を開いた。とせのお産の後、すずが往診に通っていた。だが、結実が記載したお産の後は空白だった。

カネの帳面も出してみた。お産の後にすずが往診を続けたにもかかわらず、真っ白だ。

すずはどうしたというのだろう。

綿密に帳面をつけるというのは、ふたりの決めごとだった。

その日のうちにその日のことを書く。それが無理ならその次の日に。

次から次にお産があるので、時をおけば記憶は薄れてしまう。

帳面さえあれば、ふたりのどちらが診察しても、変わりなく妊婦と向き合える。治療がよかったのか悪かったのか、後になってふたりで話し合うこともできる。同じような問題を抱える妊婦への対処法を考えることもできる。

だが、帳面が白ならそうはいかない。

そのとき、どんどんと入り口をたたく音がした。

「藤屋の者でございます。開けてください。お願いします。おかみさんが熱を出しまして……」

結実は心張棒《しんばりぼう》をはずして、戸を開けた。

早朝に迎えに走ってきた小僧が、今度もまた肩で息をしていた。

子どもを産んだばかりのいよに何かあったのかと、結実の頰がこわばった。

「高熱ですか？」

「高いそうです」

「そのほかには何か？」

「おなかが痛いそうで」

出産後は平熱よりやや高くなることも多い。だが高熱が続いたり、ほかに症状があれば話が違ってくる。

産褥熱《さんじょくねつ》が考えられた。結実は唇を引き締め、文机に向かっていた源太郎に声をかけた。

「源ちゃん、私、行ってくる」

「おれも行こう。今日、子を産んだ人だろ。気になる」

源太郎が腰をあげた。

「ほんとに？　一緒に行ってくれるの」

「ああ。後産はどうだったんだ？」

「……おすずちゃんにお願いしたの」

「様子は聞いたか」

「特になんにも言ってなかった」

「帳面は見たか？」

結実が帳面を書くようになったのは源太郎が大地堂でそうしていたからだ。ひとりひとりの患者のために帳面をつける源太郎を見て自分もそうしようと思ったのだ。

「それが何も書いてなくて」

「……薬を少し、持って行ったほうがいいな」

源太郎は本宅から薬をとってすぐに戻ってきた。

小僧とともにふたりは夜道を北紺屋町に急いだ。町は針が落ちた音さえわかりそうなほどしんと静まっている。ときおり冷たい風がふき抜け、小僧が手にする提灯《ちょうちん》の炎を揺らした。

いよは布団の上で腹を押さえて二つ折りになっていた。

脈はやや速く、裾から悪臭のあるおりものが出ていた。

やはり産褥熱と思われた。

結実が裾を洗い、源太郎が薬を処方した。柴胡《さいこ》、半夏、黄芩《おうごん》、大棗《たいそう》、人参《にんじん》、甘草《かんぞう》、生姜……炎症を抑える薬だという。

いよの隣に生まれたばかりの小さな赤ん坊が眠っている。

「乳をやるとよけいに痛くて……」

産後に赤子におっぱいを吸われると、産婦の子袋に痛みが走るのはよくあることだった。乳を刺激され、子袋が元の大きさに戻ろうとするのだ。

「痛いよね。また明日来てみるから、がんばろう」

いよは目をつぶってうなずいた。

帰り道、結実は提灯が照らすぼんやりした自分の影を見ながら歩いた。

「おいよさんの熱が下がればいいんだけど。……おりものの匂いが強かった。……後産の不始末じゃないといいけど」

「赤ん坊が下りてくるときに、裾の道が傷ついてこうなることもあるんだろ。そのほうが多いんじゃないのか」

「そうだけど……近頃、お産をひとりで取り仕切っていないおすずちゃんが後産をやったから」

出産の後、赤ん坊を体内で育ててきた胎盤《たいばん》は不要になり、はがれて裾から出てくる。このとき産婆は、臍帯《さいたい》を軽く引っ張るようにして胎盤を娩出《べんしゅつ》させる。後産が完全でないと、あとで出血や膿みの原因になってしまう。

まさか、あの慎重なすずが後産がきちんと終わったかどうか、確認しなかったとは思えない。だが、本当にそうなのかという気持ちは消えない。

「おすずちゃんだ。やれることはやっただろ」

源太郎がなだめるように言う。

「だけど……このごろ、おすずちゃん、おかしいのよ」

「おかしいって？」

「前もって妊婦やお姑さんにいっておかなければならないことを伝え忘れたり、帳面もつけ忘れたり」

「おすずちゃん、忙しくて疲れているんじゃねえのか。子がふたりいるんだ。家に戻ってもやることがいっぱいだろう」

「でもこっちに来ている間、ずっと飛び回っているわけじゃないのよ。帳面に書く時間だってあるのよ。やろうと思ったらできるはずなの」

「その余裕がないのかな」

「でも、やらなくちゃいけないことはやってもらわないと……。私が困るんだから。この間だって、お産を終えた後に、産婦は七日間横になってもだめ、寝てもだめというお姑さんに、寝かせてやってくれって私が説得したの。おすずちゃんがとっくに伝えてなきゃいけないのに、それをやってなかったから。くたくただった私がやらざるをえなかった。余裕がないなんて、言いわけにならないわ」

「そりゃそうだ」

「……私だって、いっぱいいっぱいなのに……」

気がつくと、結実の頬が濡れていた。

泣くつもりなんかなかったのに。泣く話なんかじゃなかったのに。

源太郎がうんうんと、うなずきながら結実の話を聞いてくれたから、ほっとして涙が漏れ出てしまったのかもしれない。

手の甲で涙を拭い、結実は星も見えない真っ暗な夜空を見上げた。

源太郎が結実のその手をとった。大きな手にすっぽりと自分の手が包まれる。

「女は大変だな。所帯を持てばやらなくちゃならないことも増える。子どもに恵まれればなおさらだ。いたわってやらないとな」

源太郎の手はあったかくて気持ちがいい。

なのに、胸がきりきりと痛んだ。

ふたりの子どもに恵まれたすずは、みんなからねぎらいの言葉をもらう。子どものいない結実は、すずの尻ぬぐいをするのも当然だと思われる。

結実だって子どもがほしくてたまらないのに。

そんなこと、誰も気にしてくれない。

結実はほったらかしだ。

そのうえ、子どもができないのは、結実のせいだと暗にほのめかしてくる手合いだっていっぱいいる。

自分の気持ちなど誰も気にしてはくれない。源太郎さえも。

「おすずちゃんはそう。すごく大変なの。……だから、私がやらなきゃならないのよね。私には子どもがいないから」

自分の口から恨みがましい言葉が不意に飛び出してきたことに、結実は愕然《がくぜん》とした。

だが止まらない。

「おすずちゃんの分までやって当たり前なの。しょうがないのよ。私は」

「結実もがんばっているよ……子育てで忙しいおすずちゃんの分まで仕事を引き受け

て。結実も大変だよ。夜のお産だって、朝早いお産だって、長くかかるお産だって、
結実は文句ひとつ言わず、やってる。だけど、そんな言いかた、結実らしくない」

源太郎が握る手に力を入れた。

結実は気がつくとその手を振り払っていた。

「私らしくないって？　これも私よ。勝手に決めないで」

結実は唇を噛んだ。

「そんなつもりで言ったんじゃないぞ」

「わかってる。わかってるけど……」

それからは無言で、源太郎の掲げる提灯の明かりを頼りに暗い夜道を歩いた。

なぜ源太郎の手を振り払ったりしたのだろう。どうして鼻息荒い言葉を源太郎にぶつけてしまったのだろう。

結実は源太郎と仲良くしていたいのに。笑っていたいのに。

でも、結実は笑えない。

手をつなぎたいのに、そうできない。

源太郎が困ったような顔をしていた。

源太郎だってくたびれているのに、夜中の往診が大変だろうと結実につきそってく

れたのに。

口を開けばもっとひどい言葉が飛び出しそうで、結実は奥歯を嚙みしめ、涙を必死でこらえた。

その晩はなかなか眠れず、うとうとしただけでまた目が覚めた。

結実は寝床から抜け出し、外に出た。

空が白み始めていた。木々の上で鳥が鳴いている。

「おはよう」

井戸端で顔を拭《ふ》いていると、後ろから声がした。振り向くと、源太郎が伸びをしていた。

「もっと寝ていればいいのに。昨日、遅かったんだから」

「そっちこそ。結実がおれより早く起きるって珍しくないか」

ばしゃばしゃと源太郎が顔を洗い始めた。結実は水しぶきがかからないように、あわてて後ずさった。

「目が覚めちゃったから」

「居眠りするぞ」

「朝っぱらからそんなことといわないでよ」

その朝、結実はタケとすずが来る前に家を出た。

文机の上に「往診をお願いします。おいよさんのところには私が行きます。時間を見つけ、これまでのことを帳面に記載してください」とすずに向けて書いた紙を置いてきた。

井戸端では軽口をたたき合ったが、昨晩、源太郎に吐き出したことが今朝になっても、結実に重くのしかかっていた。

心の奥に押し込めていたものが飛び出してしまった。口に出したところで、胸がすっきりなどしなかった。

自分はなぜここまですずに対して憤っているのだろう。

すずにやきもちを焼いているからかもしれないとも思う。

すずはほしいと思ったものを次々に確実につかんでいく。

龍太とセイ。かわいい子どもふたりに、すずは恵まれた。

結実が願っても手に入らないものをやすやすと手にして、当たり前のような顔をしている。

結実に子どもができないのは自分のせいでも源太郎のせいでもない。

そういう夫婦はいるのだ。

産婆なのだ。身に染みてわかっている。

すずにむっとするのも、源太郎に文句をいうのも、いってみれば八つ当たりだ。

それがわかっていても、胸がざわざわし続け、すずが目障りでしょうがない。


いよの熱は平熱までは戻っていなかったけれど、昨晩よりは下がっていた。腹の痛みも薄らいでいるようで、結実をほっとさせた。

「早く元気にならないと。この子のためにも」

いよがうっすらほほ笑んだとき、部屋の障子が開いた。

「おはようございます」

すずの声がした。すずと顔を合わせたくないから、文まで残してきたのにと、結実の体がこわばった。

「どうぞ、中に入って」

「おいよちゃん、体の調子はどう？」

「昨日の晩、結実さんに見てもらったから、だいぶ楽になった」

すずは膝を進め、いよの枕元に座った。

「熱が出て、腹痛もあるって聞いて。びっくりして」

「源太郎さんも来てくれて、その薬が効いたみたい」

「しばらく薬は続けて飲んでくださいね。赤ん坊は元気いっぱいだし……おすずちゃんが来てくれたから、私はこれで。赤ん坊の湯あみはお願いするわね」

結実はすずの顔を見ずにいい、立ち上がった。すずは結実を追ってきた。

「産褥熱だとしたら、少し熱が続くかもしれないよね」

「早く平熱に戻るといいけど」

自分でも他人行儀な口調だと、結実は思った。すずがうつむいた。

「後産の始末もちゃんとやったつもりだったんだけど……」

「帳面には書いてなかったよね。……他の妊婦さんのものも空きがあったみたい。暇を見つけて書いておいてもらえるかしら。夕べのようなことがあったときに、せっかくの帳面が役に立たないから」

結実はそれだけいうと、草履《ぞうり》をつっかけ、外に出た。

「……ごめんなさい」

すずの声が背中に届いたが結実は振り向かなかった。

六

家に戻ると、タケはさゆりをおぶい、門の前に箒《ほうき》をかけていた。

「おかえりなさい。今日はお出かけが早かったんですね」

「うん。おいよさんの具合が気になったものだから」

「昨晩、往診なすったとか」

「源ちゃんに聞いた？」

「おかみさんに。それでおすずさんがおいよさんのところに行くと、駆けていきなさって」

タケは絹をおかみさん、真砂を先生と呼ぶ。

すずが顔を出したのは絹が言ったからだった。

絹は明るくおしゃべり好きだが、口はかたい。そこは真砂譲りだ。

いよの件をすずに伝えたのは、そのほうがいいと判断したからだろう。今の結実の気持ちを知る由もなく、絹は、結実とすずは一心同体のようなものだと思っている。

「で、どうでした？」

「このままなら、おいよさん、心配なさそう」

「そりゃよかった。乳やりで大変になるときに、具合が悪くなったら大事だもの。……ここで働かせてもらって、お産は命がけだってわかったよ」

タケはちりとりにごみを集めながらいう。

口を動かしても手を休めはしない。そのうえ、タケは五人の子を何の苦もなく産んだ産婦の鑑のような女だった。

「おタケさんみたいに毎度安産な人ばかりだといいんだけどね。……金太ちゃんとおセイちゃんは？」

「先生が本宅で見てくれてます。今日は久しぶりに、静かなところでゆっくりできますよ」

子どもの声が聞こえない別宅で、結実ひとりで過ごすのは久しぶりだった。

文机の前に座り、昨晩と今朝のいよのことを帳面に書き加えた。

昼前になって章太郎が手習い所から戻ってきた。

「珍しいですね。姉さんがぼやっと庭を見ているなんて」

人懐っこく笑って、章太郎は縁側にちょこんと座った。

正徹も絹も背が高いほうなのに、章太郎は同じ年頃の子どもよりまだ首ひとつ小さい。

「いい天気だなって思って」

「ようやく気持ちのいい風が吹きはじめました」

足が悪く外に出たがらず、幼いころから家で大人に囲まれて過ごしてきたせいか、章太郎は妙にこまっしゃくれた口をきく。

章太郎は手習い所の勉学に興味がなく、下から数えたほうが早い成績だったが、関根雲停について絵の修業をはじめてから少しばかり上向いてきたらしい。悪い成績をとったら、即、絵の修業はとりやめさせると、絹からきつく言い渡されていたからだ。

嫌いな勉強もしぶしぶやるほど絵が好きな章太郎は、四谷通いを止められても、暇さえあれば植物の絵ばかり描いている。

「久しぶりに草取りでもして、もさもさの庭をきれいにしませんか」

章太郎に誘われて庭に出ると秋の日差しが降り注いでいた。ほんのり黄みを帯びた光が高い空から降り注いでいる。頬をなでる風が柔らかかった。

このところ忙しさにまぎれ、庭の手入れをとんと忘れていた。

下男の長助と五助は毎日、庭の小道に箒をかけ、落ちた葉なども取り除いているが、薬園までは手がまわらず、どこもかしこも濃い緑の塊になっている。

中でも大きな顔をしているのは、例によってドクダミだ。

「よし。今日はドクダミとりをするわよ。そうと決めたら、早めにお昼を食べよう」

「もう握り飯ができてましたよ」

ふたりは本宅にいくと、一足先に大きな握り飯を頬張った。

結実は前掛けをかけ、たすきで袖を押さえ、手ぬぐいを姉さんかぶりにして、再び庭に出る。

「くっさ〜い」

「頭がくらくらするほどの匂いですね」

ドクダミから放たれる匂いは、鼻が痛くなるほどだが、重宝される薬草でもあった。腫《は》れ物や吹き出物、虫刺され、痔《じ》、排尿痛、解毒など多くの薬効をもつ万能薬として「十薬《じゅうやく》」という名でも呼ばれる。

きれいに洗って干して小さく砕いたものを、結実たちはドクダミ茶として、便秘に悩む妊婦などに処方する。干したドクダミの葉を入れた壺に焼酎《しょうちゅう》をひたひたに入れて作るドクダミチンキは虫よけや、風邪予防のうがい薬としても使っていた。

草がさわさわと風に揺れていた。遠くで鳥の声も聞こえる。

取ったドクダミはたちまち小山のようになった。何も考えず、ひたすらにドクダミをひいているうちに、結実の気持ちが静まっていく。

「たまには草取りもいいもんだね」

草取りに没頭していた章太郎が顔をあげ、ニヤッと笑った。その笑顔があまりに邪気がなく、結実はつんと胸が痛んだ。

章太郎は心底、木や草を相手にしているのが好きなのだ。

けれど、母親の絹は、章太郎が正徹のあとを継ぎ、医者になるものだと決め込んでいる。それが章太郎の幸せ、家の安泰だと信じて疑わない。

「ずっとこうしていたいな」

くんくんとドクダミ臭くなった手の匂いをかぎながら、章太郎はいった。結実は手を止めて、章太郎を見つめた。

「章太郎は本草学が好きなんだよね。絵を描いてるのもそれだからでしょ」

本草学は薬用とする植物や動物、鉱物などを研究する学問をさす。

「まあ……」

「本草学者と医者を兼ねることはできないの？　そういう人もいっぱいいるじゃない」

「本草家になりたいんです。医者ではなく。だいたい、おっかさまは本気で私が医者になれると思ってるんでしょうか」

「思ってるわよ。そういう人じゃない」

「足が悪くて、力もないのに？　怪我人を押さえつけたり、手術で長時間、立っていることなどできるわけがないんですから、どう考えてもおとっつぁまのような外科の医者にはなれません。では内科はといわれても、この足では往診もままならない。この体のせいで、治療が間に合わず、患者を死なせてしまうかもしれない。……それに、人の命を扱うような仕事をできる気がしないんです。たとえ五体満足だったとしても」

章太郎は傷の痛みにうめき声をあげる患者がいれば涙ぐむような子だ。知り合いの子がやけどを負って、数日、書斎に寝ていた時には、ずっと手を握っていた。

「本草学が好きなら、やれるところまでやってみたらいいじゃない」

一瞬、章太郎はきつい目で結実を見た。その目に怒りの色がちらと見えた気がしたのは、結実の気のせいだろうか。

章太郎はすっと目を落とし、またドクダミを引っこ抜く。

「どうして、姉さんはそう簡単にいえるんですか？　……本草学をやるにも、足腰は必要なんです。植物を探すために、深山《しんざん》に入っていくことができなけりゃ、極めることなどとてもできません」

　章太郎がこれまで自分の足のことを、こんな風にいったことはなかった。

　十一歳で、これほど真剣に考えていたのかと、結実は驚き、胸を動かされた。だが、自分もまた十二の年に、産婆になろうと思ったことを思い出し、章太郎もそういう年になったのだとはっとした。

「……だから、やらずに全部をあきらめるの？　これをやりたいと思えるって、すごく恵まれていることだと思うけど」

「恵まれている？　私が？」

章太郎はふっと笑った。

「本草家になりたいって章太郎が思えたってことがよ。そういうものに巡り合える人ばかりじゃないもの」

「そう。姉さんや源兄ちゃんみたいに、やりたいことをやって生きている人なんて、ひと握りですよ。ほとんどの人は、しぶしぶ親の仕事を継いだり、食べていくために目の前のことをやるしかない」

「本草家のことはわからないけど……章太郎ができないことは、誰かに助けてもらうというわけにはいかないの？」

「助けてもらう？」

呆れたような顔で、章太郎は結実を見た。

「はなから助けを求めることを勘定にいれるなんて、そんなことでいいんですか？　こいつはできない、使えないと思われるのがおちですよ」

「ひとりですべてをできる人ばかりじゃないと思うけど」

そういいながら、結実の脳裏にすずの顔がふいに浮かんだ。

「不出来なものは、迷惑がられるだけですよ」

「できないことがあるから不出来って、それは言いすぎでしょ。年がら年中、山を歩き回るわけじゃないだろうし、深山を歩けなくても、本草家としてやることはほかにもいっぱいあるんじゃない？　そっちのほうも大切なことじゃないの？」

「……けど……」

「一緒に働くなら、でき過ぎの人よりも、少し苦手なものがあるくらいの人が気楽でよかったりもするよ。それから章太郎は、手伝わされるのは迷惑って決めつけているみたいだけど、そうなのかな。自分が人の役に立つって嬉しいことだもの。章太郎から頼まれれば、喜んで手伝う人もきっといるはず」

章太郎は空を仰いでくすっと笑った。丸い空が広がっている。

「極楽とんぼだね、姉さんは」

「何それ！」

「おめでたいってこと」

「失礼しちゃう。人がまじめに話しているのに」

十三歳も年下の弟を、結実は軽くにらんだ。章太郎は目をゆるめていった。

「……もう一度、考えてみようかな」

それからもふたりはドクダミをとり、とったものを洗い、物干しざおに干していった。

往診を終えたすずが帰ってくると、真砂と子どもたちも本宅から戻り、別宅は急ににぎやかになった。

すずがつっかけをひっかけて、結実のそばにくると、ドクダミ干しを手伝った。

「くっさぁ」

すずが顔をしかめる。

「ほんと。手をかいで倒れそう」

自分の手の匂いをかぎ、白目をむいた結実に、すずはいった。

「話したいことがあるの、ふたりで」

結実の胸がずんと跳ね上がった。

「……私も話したいと思ってた。……章太郎。あとはまかせていい？」

「お役に立って嬉しい、です」

章太郎はすました表情でいった。

七

茶の間で結実とすずは向かい合った。

子どもたちは真砂に引き連れられ、本宅にいっている。タケも本宅の手伝いをしているらしく、不在だ。

すずと話さなくてはと、結実も思っていた。

だが、何をどう話したらいいのか、すずと面と向かうと見当がつかないことに気がついた。ふたりで話す心構えができていない。

すずが思いつめたような表情で切り出す。

「私、結実ちゃんに謝らなくちゃいけない。このごろ、疲れていて、仕事に集中できないこともあって、帳面もちゃんとつけてなくて」

それからすずは、今、自分が置かれている状況を淡々と話し始めた。

火事が起きれば、栄吉の女房として、は組の頭の嫁として、火消したちが戻ってくるのを待ち、帰ってきたものに飯を食わせ、怪我をした者には手当てをせねばならず、寝る時間もないこと。

「龍太も私よりお姑さんになついてしまって。女房としても、母親としても、産婆としても半端者で私……」

目じりに浮かんだ涙を、すずは指で拭った。

実際、すずの状況は結実が想像していた以上に大変だった。

けれど、泣き言を並べているすずを見ているうちに、結実の胸の小石がころころと転がり始めた。転がるたびに、結実の胸が、少しずつ傷ついていく。

「やめたほうがいいよね、私なんか」

すずはそう言うと、目元ににじんだ涙を指で押さえた。

これまでだったら、「おすずちゃん、知らなくてごめんね、知らなかった私が悪い」と、結実は言ったはずだ。

だがそのとき結実は、別のことを思っていた。子どものころからすずは大人しく、優しげで、その実、とてつもなく頑固で、結実より一つ上だからという理由だけでなく、たいていのことは最後はすずの思い通りになっていた、と。

すずはこうと決めたらひかない。譲るのは決まって結実だった。

結実が黙っていると、すずは困ったように眉をさらに下げた。

「これ以上、産婆を続けても、結実ちゃんに迷惑をかけるばかり。私、なんの役にも立ってないもの」

「おすずちゃんが往診をしてくれるから、今、ここが回っている。私がおすずちゃんにお願いしたいのは、ふたりで決めたものはちゃんとやってってことだけなんだ」

結実は低い声でかろうじて言った。

すずは首を横に振る。

「やろうとしていたのよ。やらなくちゃいけないと思ってたの。なのに……できなかった。毎日、帳面をつけなきゃと気が揉めていたのに、ぼおっとしてしまってて」

すずはひとつため息をつき、顔をあげて結実を見た。

「結実ちゃんにはわからないのかもしれない」

「私にはわからない？　私だって徹夜が続いて……」

「結実ちゃんは、所帯を持ったといっても、朝昼晩、おっかさんにご飯を作ってもらってる。娘時代と何も変わらない。自分と源太郎さんの洗濯物だって、大きいものは女中のおウメさんにまかせられる」

「……」

「それだけじゃないわ。おいよさんの夜の往診に付き添ってくれるほど、源太郎さんは産婆である結実ちゃんを助けてくれる。お産で徹夜して帰ってきたときだって、真砂先生が布団を敷いて、昼だろうが何だろうが『早くお眠り』と言ってもらえる。……結実ちゃんのまわりには手を貸してくれる人がいっぱいいるの。私とは全然違うの。うらやましいよ」

すずが言う通り、産婆として生きる結実をみなが後押ししてくれている。恵まれていると自分でも、思っている。

だが、結実が望んでいるのは、産婆だけをしていればいい日々ではない。子育てで忙しくて目が回りそうな暮らしがしてみたい。

喉から手が出そうなほど赤ん坊が欲しいという鬱屈を結実は抱えつつ生きている。

「私、結実ちゃんを責めてるんじゃないのよ。結実ちゃんにわからないのは、当たり前だもの」

すずは一気に言い、唇を固く閉じた。

おりてきた沈黙をやぶったのは結実だった。

「私が家付き娘だから。私に子がないから。わからないのは当たり前？　そういわれたら返す言葉がないよ。実際そうだもの。でも……私なりにおすずちゃんの大変さをわかろうとしてきたつもりだった。それでは足りなかったんだね」

「そこまでは言ってないけど……」

結実はすずの声をさえぎって続ける。

「おすずちゃんは、本当にやめたいの？　一緒に何年も修業して、やっと一人前の産婆になったのに、今、やめちゃっていいの？」

すずは首を横にふった。

「……やめたくない。一生、続けようと思って、産婆になったんだもの。でもこれ以上、結実ちゃんに迷惑をかけられない」

すずは安政の地震の後、父親の仕事がなくなり、食べるものにも事欠き、どんなときにも必要とされる仕事につきたいと産婆になった。

結実が産婆を志したのも、十二歳のときの、あの地震がきっかけだった。山王御旅所《さんのうおたびしょ》を目指していた矢先に、大きな揺れが再び来て、母親の綾が結実をかばい、屋根から落ちてきた瓦《かわら》の下敷きになった。綾は身籠っていた腹の子とともに、朝がくるのを待たずに亡くなった。

——お産婆さんがいたら助かったのかもしれないのに。

女たちがそういうのを聞き、結実は十四で真砂の弟子になったのだ。石にかじりついてでも一人前の産婆になる。

ふたりはそう思って、励まし合いながらがんばってきたのだ。

「迷惑だなんて思ってなかった。子育てで今、おすずちゃんが大変だから、私ががんばらなくちゃというだけで。でも、おすずちゃんの仕事を減らせば、私の仕事が増える。正直に言うと、私は今、ぎりぎりよ。お気楽に産婆をしているように、おすずちゃんには見えてるかもしれないけど。三人でやってきたお産をほとんどひとりで引き受けているんだもの。そのひとつひとつに、赤ん坊とお母さんの命がかかってるでしょ。夜だから眠いとかいってられないでしょ。丸二日かかったとしても、疲れたなんていえないでしょ。安産ばかりじゃないでしょ。代わってくれる人がいないでしょ。これ以上、私だって引き受けられない」

すずは膝の上に乗せた手を握り締めている。唇が震えていた。

結実は息を吸うとまた口を開いた。

「おすずちゃんが私に迷惑をかけるから産婆をやめるというのは、違うと思うの。私のせいにしてやめるなんて卑怯だよ。そんなやめ方してほしくない」

どのくらいふたりは黙っていただろう。

子どもの声が聞こえた。本宅から、タケが子どもを連れて戻ってきたのだ。

「おかあちゃん」

セイがすずの胸にしがみつく。こわばったすずの顔にうっすら笑みが浮かぶ。

すずはセイを抱きしめ、頬ずりした。

結実が持ち合わせていないものをすずは手にしている。それを目の当たりにして、また結実の胸の小石がころころ転がった。

結実は顔を上げ、柔らかな光を帯びた庭に目をやった。章太郎が干したドクダミが物干しに揺れている。

――極楽とんぼだね、姉さんは。

さっき、章太郎に言われた言葉を思い出した。捕まる心配がなく、空を思う存分、お気楽に飛んでいるというのが極楽に住むとんぼ、極楽とんぼだ。

すずは結実をうらやましいといったけれど、結実も子どもふたりを授かったすずがまぶしい。こんな気持ちを抱えて飛んでいる極楽とんぼも中にはいるのだろうか。

「おすずちゃんの気持ちはわかった。でも今、やめられたら私も困るの。少し、時間をもらえるかな。これからのことを私もしっかり考えてみるから」

すずはセイを抱っこしながら、わかったとうなずいた。

「ひとつだけいわせて。……私、やめるのを結実ちゃんのせいにしてるつもりはなかった。そう聞こえていたんだって、いわれてはじめて気がついた。堪忍ね」

やがてすずはセイをおぶい、タケはさゆりをおぶい、金太の手をひき、帰って行った。

ひとりになって、自分を曲げないすずが珍しく自分から謝ったのだと、結実は気がついた。

だがどうしたらいいというのだろう。

すずは産婆をとりあえず続けるといったが、ふたりがおかれている状況は変わらない。このままでは、すずはつぶれてしまうかもしれない。もしすずが産婆を本当にやめることになれば、結実はたったひとりになってしまう。

大地堂の、開け放たれた畳廊下で診察していた源太郎がふとこちらを見て、結実に向かってひょいと手を挙げる。結実も手を振り返した。

こんなささいなことが嬉しくもあり、源太郎のいつだってのほほんとしているところがちょっと腹立たしくもある。

源太郎は医術を磨くため、医学所で学び、自分の足場を着々と固めている。子ができないことを気にしている風もない。

「庭がきれいになったね」

つっかけをはき、真砂が庭に出てきた。薬園の傍らに置いた腰掛に座り、横をとんとんと手で叩き、結実にも座るように言う。

「章太郎が手伝ってくれたのよ」

「すぐわかったよ……あの子が茶の間に入ってきた途端、臭いがしたもの」

結実が隣に腰かけたとたん、真砂が顔をしかめた。

「やっぱり、臭う？」

「ああ。鼻が曲がりそうだ」

肩をすくめ、結実は空を見上げた。西の空が赤くなり始めていた。

「……おすずちゃんから産婆をやめたいと言われちゃった」

真砂は思ったより驚かなかった。

「おすずが……そこまで思っていたか。で、おまえはどう言ったんだい」

「今はやめないでって頼んだ。これからのことを考える時が欲しいって」

「……おすずは？」

「わかったって」

真砂はうなずいた。

「あれだけがんばってきたんだから、おすずだって、簡単に思いきれるものでもないだろうよ。……機会を見つけて、私もおすずと話してみようかね」

「お願いします。私とおすずちゃんだと、お互い、言いたいことをぶちまけちゃうでしょ。なかなか丸く収まらない。今日は、とりあえず中入りできてほっとした」

「ばちばちやってしまったのかい？」

「ちょっと言い過ぎたかも。おすずちゃんも相当だったけど」

「ふたりともいっぱいいっぱいだから本音が出てしまうんだろ。しかたがない」

「わかる？」

「十年以上も一緒に暮らしていたからね。このままだと、いずれこうなるかもしれないと思ってたよ。これからどうするか結実に考えはあるのかい？」

「どう考えてもこのままでは回っていかない。誰かひとり、手伝ってくれる子を見つけないといけないかなって思い始めたところ」

仕事を教える手間がかかるが、やる気がある子であれば、いずれ支えになる。お産の時に産婦の体を支えたり、腰を押したり、お湯を運んだり、晒し木綿を用意してもらうくらいでも、だいぶ助かるはずだった。

「結実も弟子をとる年になったんだねぇ。……となったら、いい子を見つけないと」

「私たちはいい子だったでしょ」

「ああ、いい子だった。結実もすずも」

遠い目をして真砂がいう。

「……体がふたつあればいいのにねえ。おすずちゃんにも私にも」

「やりたいことがたくさんあっても、体はひとつさ」

適当な娘がいないか、自分も心がけ、人にも聞いておくと真砂はいい、とんと結実の背中をたたいた。

「さあ、さっさと湯屋に行っておいで」

腰掛から立ちあがると、騒がしい鳥の声が頭上で響いた。

見上げると、ねぐらに帰るのか、鳥が大群で赤みを帯びた空を渡っていく。

その鳴き声が風に乗り、空に吸い込まれていった。

第三章　霜柱立つ

一

すずの仕事は往診だけとして、これまでの朝五ッ（午前八時）ではなく、朝四ッ（午前十時）から別宅に詰め、往診と帳面つけを終えれば何時でも帰っていいということにした。

人探しもはじめた。口入屋《くちいれや》にも頼んだが、産婆の手伝いはどうしても血を見るために、汚れ仕事だと敬遠され、ひとりもまわってこない。

といって、下働きだけの娘を雇う気にはなれず、結実は今がいちばん大変な時期だと自分に言い聞かせつつ、ひとりでお産を引き受けていた。いつかいい娘が来てくれるのを腰を据えて待つしかない。

十月に入ると、ぐんと寒さが厳しくなった。

はじめて霜柱《しもばしら》が立った朝だった。

すずが往診に出かけ、結実は茶の間で帳面をつけていたとき、入り口の戸が開く音がした。

「こんにちは。ご無沙汰しております」

声がしたと思うと、タケが仏頂面で部屋に入ってきて結実の耳元にぼそっといった。

「村松屋《むらまつや》の良枝《よしえ》さん」

「良枝さんが、珍しいわね」

「相変わらず、すましこんでますよ」

タケは少しだけ意地の悪い言いかたをした。

下《くだ》り酒問屋《ざけどいや》・村松屋伊左衛門《いざえもん》の女房の良枝は、結実とは手習い所で一緒だった知り合いだ。

安政の地震のしばらくあとに医者だった父を亡くし、良枝は母と苦労を重ねたという。貧乏から抜け出すために金持ちの男に嫁がなければと、爪に火をともしながらも花嫁修業を続け、ついに大店《おおだな》の村松屋の女房となった。

権高《けんだか》で奉公人を低く見る良枝を、タケは毛嫌いしていた。

「お久しぶり。お元気そうで何よりだわ」

入り口に結実が出ていくと、良枝は形ばかり腰をかがめた。

藤紫《ふじむらさき》の絞《しぼ》り小紋《こもん》と揃いの羽織、白茶の縞の帯をしめ、幅広の薄紅梅《うすこうばい》の襟巻《えりまき》を両肩にふわりとかけている。白襟に、襟巻と同じ色の半襟も重ねていて、もともと整った顔がはっとするほど華やかに見えた。どこから見ても、大店の御新造《ごしんぞう》さんだ。

「これ、おみやげ。知ってる？」

良枝は供の女中に持たせていた小さな鉢を上がり框《かまち》においた。

白の釉薬《ゆうやく》に藍の水玉が描かれたかわいらしい鉢に、薄緑の厚く大きい葉が花弁のように重なっている。葉の縁《ふち》が濃く見えるのは、たくさんの粒々が並んでついているからだった。

「子宝草《こだからそう》ね」

葉の縁の粒々が子であり、それを土に乗せるだけで簡単に増やせる植物だ。

近頃、このちょっと変わった葉物を女たちの間でやりとりするのが流行っていた。子宝草を育てれば赤ん坊に恵まれるといううわさが、子を欲しがる女たちの間に広がったからだ。

新婚のうちならともかく、二年が過ぎても子ができない結実にとっては、験《げん》かつぎの子宝草など気の重いものでしかない。

そのうえ、よりによって良枝からの贈り物というのが複雑でもあった。

良枝は、仕事をしている女は三文安く見られると面と向かって結実に言ってのけ、金持ちと所帯を持つことこそ、女の幸せだと言い切ってはばからない女だった。以前、大金持ちの材木問屋の主の後妻の見合い話をもってきたのも良枝だった。これが実はとんでもない男だった。男は結実がひとりのときに家に入り込み、乱暴を働こうとしたのである。

頼んでもいないのに、よりによってそんな男を紹介され、一時、良枝とは絶交だと、結実からつきあいを絶った。

けれど、結実が源太郎と祝言《しゅうげん》を挙げた日、良枝は上等な下り酒の角樽をふたつ、祝いに届けて寄こしたのである。

ものにつられたわけではないが、いつまでも根に持っているのもみっともない気がして、以来、結実はつかず離れずのつきあいを続けている。

それでも、良枝は、自分は大店の女房で、結実はしがない産婆だといわんばかりのそぶりを見せたり、自分には子どもがいて結実にはいないということをちらつかせたり、ことあるごとに、結実の上に立ちたがる面倒くさい相手だった。

そのくせ、近くに来たからとか、ついでがあったからと言ってはちょくちょくやってくる。

だいたい、子宝草なんてものは、本人がそっと求めるものではないかとも思う。

「結実ちゃんに、早くおっかさんになってほしいと思って」

「それはどうも。どうぞ、あがってお茶でも飲んでって」

結実はざわめく気持ちを押し込め、愛想よくいった。

「忙しいんじゃなくって？」

「小さな子が三人もいるからにぎやかだけど」

「じゃあ。……ちょっと話したいことがあったの」

座敷に良枝を案内すると、真砂は挨拶をかわし、タケの子どもの金太の手をひき、本宅に連れて行った。

タケの娘のさゆりと、すずの娘のセイは囲いの中で機嫌よく遊んでいる。

三畳ほどの広さの格子造りの子ども用の囲いは、源太郎が懇意にしている大工に作らせたものだった。

タケが運んできたお茶で喉をうるおすと、良枝はおもむろに口を開いた。

「実はね、この間、意外な人と会ったの。手習い所で一緒だったおくらさん」

「おくらさん？」

「覚えてない？」

すぐには、その顔が浮かんでこない。

「ほら、椿長屋に住んでた。おとっつぁんは確か、鋳掛屋《いかけや》だった」

鋳掛屋は、家々を回って、穴のあいた鍋釜の修理をして歩く職人だ。

椿長屋は提灯かけ横丁の一本南の輪寶小路《りんぽうこうじ》から入ったところにある古い長屋で、入り口に生えていたひょろひょろの椿が目印だった。今は別の長屋が建っている。

そこまでいわれて結実はようやく、くらの顔を思い出した。

下ぶくれの丸顔で、体はほっそりとしている女の子だった。眉尻が下がっていて、受け口で、甘い声でゆっくり話す。

「思い出した。色の白い子だったわよね。ちょっと舌足らずなしゃべり方をしてたよね。どこで会ったの？」

「大川端《おおかわばた》」

「あら。村松屋さんと目と鼻の先じゃない」

「大川端に『ひょうたん』っていう小料理屋があるの。私、一昨日、たまたま知り合いとその店でお昼を食べたのよ。そしたらお給仕をしてくれたのが、なんとおくらさん。そんとき、私は気がつかなかったんだけど、帰りがけに向こうから、もしかしてって、声をかけられて。びっくりしちゃった」

「おくらさん、仲居さんをやっているの？」

「そう。なかなか品のいい店よ」

ひょうたんは板前がよく、気の利いた料理をだすと評判で繁盛しているという。

くらが男の子たちによくからかわれて、涙ぐんだりしていたことも思い出した。

今ならわかる。男の子たちは子どもながらに色香のあるくらのことが気になっていたのだ。

「確か、あの人も地震の後、手習い所をやめたのよね」

安政の地震をきっかけに、この土地を離れて行った友人も多かった。

「そう。長屋がつぶれて、おくらさん、おっかさんの実家にいったたって話だった」

「じゃあ、またこっちに戻ってきたんだ。元気そうだった？」

「それがね……」

良枝を見送りに出たくらが、あわてて口を手でおさえて、えずきそうになったという。

――大丈夫？

――病じゃないから。

「っていったのよ。だからおなかに子がいるんじゃないかと思って。それで、もし子を孕《はら》んだなら、八丁堀の結実ちゃんとこにいったらいいよって、耳打ちしておいたの。というわけでおくらちゃんが訪ねてきたらよろしくね」

「それでわざわざ来てくれたの、ご親切に」

「ついでがあったから。私、ほら、店のこともやっているでしょう。今日は得意先に顔をだした帰りなのよ」

良枝の亭主の伊左衛門は良枝と所帯を持つ前から乙葉《おとは》という芸者と深い仲で、今は家にはほとんど帰らず、妾《めかけ》の家に入り浸りだ。

良枝が大一郎《だいいちろう》を産んだ日だって伊左衛門は、夜遅く、芸者連中を引き連れて帰宅した。命がけで子どもを産んだ良枝をねぎらうこともなく、赤ん坊に目を細めることもなかった。お産の後、往診をしたときにも、伊左衛門の姿を見たことはない。

やっとのことで、良枝は大店の女房という座につき、後継ぎにも恵まれたのに、そこに実はなかったのだ。良枝は本妻という名の飾りに過ぎなかった。

だが、良枝は負けなかった。

女の幸せは、甲斐性のある男と夫婦になって、子どもを育て暮らしていくことだという信念は揺らいだようには見えないが、良枝は大一郎が歩き始めると一念発起、毎日店に顔をだすようになった。

女だてらにと眉をひそめられつつ、帳場に座る番頭の隣で、商売を一から学びはじめ、今では顧客の相手もしているという。

「お店の仕事をまかされるようになったの？」

「少しずつね。私は、そのうち村松屋の屋台骨になるつもりだから」

亭主から顧《かえり》みられなくても、やっと手にした大店の身代《しんだい》を、良枝は何があっても手放すつもりはないのだろう。

あれほど、結実に対して、働く女を品下るとなじり倒していたのに、あっさり宗旨替えをしたのも呆れるが、大店の主と、産婆では格が違うと匂わせたりもする。

結実には、人と自分を比べたり、張り合うつもりなどこれっぽちもないのに、良枝はそうせずにはいられない。

良枝は紅をくっきりとさし、着物も派手になっていた。

「亭主に浮気をされると、女房はなにもかまわなくなるか、化粧が濃くなるかのどっちかだって。良枝さんは後ろの口ですね。負けん気が強いんだわ」

良枝を見送って帰って家に戻ってきた結実に、タケは皮肉交じりに言った。

二

それから五日ばかりが過ぎた。砂埃《すなぼこり》で足元が白く見えるほど風が強い日だった。

「火事が起きなければいいけど。小さな火でも、この風じゃ大きくなっちまうもの」

すずは帰り際にそうつぶやいた。お産に立ち会うことがなくなり、すずは少し元気を取り戻していた。

「もし、火事が起きて徹夜なんてことになったら、明日はお昼過ぎでいいわよ」

「ありがとう。家にいても、寝ていられないんだけどね」

「こっちに来て寝ていてもいいけど。とにかく適当にして。今、往診は三軒だけだから、私が行ってもいいし」

「そうさせてもらうかもしれない」

すずはそういって、頭をさげて帰って行った。

夕飯が終わると、風がさらに強くなった。雨戸を通しても、ごおごおと風の唸《うな》り声が聞こえ、戸板や雨戸がガタピシと鳴った。

そして夜、五ツ半（午後九時）に半鐘《はんしょう》が鳴りはじめた。

寝入りばなだった結実と源太郎は跳ね起きて、外に飛び出した。

門の前の通りを、火から逃げてくる人と、火を見ようと走っていく野次馬《やじうま》が交差し、ごった返していた。

海の方に白い煙があがっていた。

「火元はどこですか」

結実は行き過ぎる人に尋ねた。

「大川端だとよ」

「折からの風に乗って、家が紙みたいに燃えてるってよ」

走りながら人が叫んでいる。

大川端にはくらの勤める店があると聞いたばかりだった。

「怪我人が運ばれてくるかもしれないっすね」

後ろから声がして振り向くと、下男の五助が立っていた。

そのとき火消しのひとりが向こうから走ってきた。

「源太郎さん、屋根が落ちて、ひとり下敷きになっちまった。もうひとりは火がついた板が飛んできて、左腕に大やけどだ。今、ふたりを戸板で運んでくる。手当てをお願いします」

「わかった。気をつけて連れてきてくれ。……患者が増えるかもしれん。結実も手伝いを頼む」

源太郎と五助は走って本宅に向かう。結実も別宅に走った。

産婆仕事に着る白の上っ張りを羽織り、洗い立ての前掛けをしめ、手ぬぐいを姉さんかぶりにした。源太郎と正徹、五助に次いで、井戸端で丹念に手を洗う。

すぐに火消したちが戸板に乗せた患者を運び込んできた。

煤《すす》で火消しの顔や腕は汚れ、目ばかりがぎらぎらと光っている。

「火事はおさまりそうかい？」

「まだ皆目《かいもく》見当がつかねえ。風であおられて、炎が生き物みてえにのたうちまわりやがる」

源太郎にそう言い、火消したちはまた大川端に引き返して行った。

井戸から水を汲み本宅と往復している五助を、結実は手伝った。

運び込まれた火消しのやけどは幸い、肌の表面だけで、奥までは及んでいなかった。

だからといって、痛みが弱いわけではない。

襲ってくる痛みを和らげるためにも、結実と五助はやけどをした火消しの腕を水につっこみ、冷やし続けた。

屋根の下敷きになった火消しは両足が複雑に折れていた。顔、腕、背中、足、体中に無数の深い傷があり、大量の血が流れている。正徹はその男の治療にかかりきりになった。

腕をざっくりと切った火消し、足を痛めた火消しなども次々に運び込まれた。源太郎は正徹の手伝いと、新たな患者の間を行ったり来たりしている。

やけどの火消しを五助にまかせ、結実は怪我人の傷を洗うのにかかりきりになった。きれいに洗ったところで、源太郎が傷を縫い、軟膏《なんこう》を塗る段取りだ。

大地堂は戦場のようなありさまだった。

最初に運び込まれた屋根の下敷きになった男は、夜明けを待つことなく、息を引き取った。

栄吉が大地堂に飛び込んできたのは、しらじらと夜が明けてからだった。

書斎に寝かされた若い男が死んでいると知って、栄吉は呆然と立ちすくんだ。

「うそ、だろ。……どうしておめえが……」

その男の頰をなで、肩を震わせる。

源太郎と正徹は怪我人の手当てにまだ追われている。

「結実、亡骸《なきがら》をきれいに拭《ふ》いて、傷には晒しを当ててくれないか。せめてきれいな顔で戻してやりたい」

源太郎が結実を呼んでそういった。

結実は、男の顔を堅く絞った手ぬぐいで拭った。煤がとれると、端整な顔が現れた。傷にこびりついた血を拭い、またきれいな手ぬぐいで拭く。

「手伝わせてくんな」

栄吉がいった。新しい手ぬぐいを渡すと、栄吉は涙をこらえながら、男の体をいとおしむように拭き上げる。

「もう硬くなってやがる……」

栄吉の目から涙がぼとぼとと落ちた。男の名は、新太郎《しんたろう》。二十一だったという。

「家がうちのすぐ近くで、小さいころからおれのまわりをちょろちょろして、くっついて歩いてたんだ。は組に入ってからは、わけえのに、気風がよくて。新太郎のような男がいれば、は組も安泰だと親父が太鼓判を押した頼れる男だった。年が明けたら、昔から惚れていたおしんちゃんと夫婦になる約束をしてたんだよ。妹のお多代《たよ》ちゃんの祝言の日も決まって大喜びしてたのに……おい、新太郎。死んでる場合か。起きろ。死んじまったなんて、おまえは馬鹿か。新太郎。おしんちゃんにおれぁ、どういやいいんだ。新太郎、聞いてるのか。聞いてるなら返事をしやがれ……」

新太郎の体をゆさぶる栄吉の肩を、書斎に入ってきた源太郎がつかんだ。

「栄吉。落ち着け」

それから源太郎は抑えた声で、新太郎さんの怪我は深く、内臓まで達しているものもあった上、両足ともに何か所も折れていて出血が止まらなかったと言った。

「力及ばず、すまない」

「……最後まで力を尽くしてもらって……あんがとよ」

やがて栄吉はほかの火消しとともに戸板に新太郎の亡骸を乗せた。

「正徹先生、源太郎さん、結実ちゃん。ありがとうごぜいやした」

栄吉は深々と頭を下げると、出て行った。目が真っ赤だった。

すずは昼前にやってきた。亡くなった新太郎とは、すずも親しくしていたという。

「龍太やセイのこともかわいがってくれるやさしい人だった。夫婦約束をしていたおしんさんは気がふれたようになっちまって。お多代ちゃんも兄ちゃん、目を開けてって泣きづめで。気の毒で気の毒で……。今ならおのぶちゃんの気持ちがわかる……」

栄吉の妹ののぶえは、子どものころから、町火消しが怪我をしたり、亡くなったりするのを見てきたからだろう。町火消しの頭の娘なのに、火事が起きるたびに、亭主が無事であってくれとはらはらして過ごすのはつらいので、火消しとだけは一緒にならないと、質屋「玉屋《たまや》」の息子・弥平太《やへいた》に嫁いだ。

　弥平太と一緒になっても、火事が起きれば、父の吉次郎や兄の栄吉の身を案じ、のぶえは今でも眠れない夜を過ごしているに違いなかったが。

　栄吉が新太郎の亡骸とともに帰り、それからもすずはやることに追われたのだろう。一睡もしていないことが、目の下のクマからもみてとれた。

「とりあえず、おセイちゃんをおタケさんに預けて、一刻くらい本宅で休んで。布団を敷いておいたから。今、往診しているのは三軒よね。塩町《しおちょう》のお糸《いと》さんは私が行くから、起きたらあとの二軒、お願いします」

　いいの？　といいかけてすずは言葉を飲み込んだ。結実を見つめ、しっかりいう。

「……そうさせてもらいます」

　源太郎は朝から医学所にいった。正徹はもう患者を診始めている。五助も掃除をしたり、湯を沸かしたり、休みなしだ。

　――みんな働きものなのに、とんと儲からないねえ。

　真砂が前にいったことがある。本当にそうだ。けれど、やめられない。やるしかないのだ。

三

往診の帰りに、大川端まで足を延ばしたのは、くらのことが結実の頭をよぎったからだった。

ところどころに燃え残った蔵があるものの、一角はすっかり焼けてしまっていて、ものが焼けた強烈なにおいが鼻をついた。

すでに焼け跡の残骸の整理を行う火事始末屋が大勢立ち働いている。

並べられた大八車《だいはちぐるま》に、燃え残りの釘などの金物や再び使えそうな材木、焼け焦げた燃えカスというように仕分けして積みこんでいる。荷がいっぱいになると、大八車は出ていき、また新しい大八車が到着する。

修理しても使えそうにない壊れた鍋や釜、折れた包丁などのクズ鉄は、古鉄買が鍛冶屋や職人に売却するのだ。

木材の残骸で、再び使えそうなものは鉋《かんな》をかけたり焦げ跡を削ったりして、新品の十分の一ほどの値で売る。使えそうもないほどに焼け焦げたものは、のこぎりで適当な寸法に切り、湯屋に燃料として引き取ってもらう。

使えるものはその寿命が尽きるまで使いきるのが江戸の流儀だ。

火事始末屋のおかげで、どんな火事場もすぐに整えられ、新しい家を建て町を復建できた。

家事始末屋の働きぶりを大勢の人が遠くから見ている中、人々から離れてひとりぽつんと立っている若い女がいた。

無造作に髪をまとめ、何度も水を通したような藍の絣《かすり》を着て、ぼんやりと火事の跡を見ている。色はとろりと白く、今にも泣きだしそうな潤んだ目、困ったように見える下がり眉、やや受け口の唇は少し開いていて……なで肩のほっそりした体つきも色っぽい。男たちの視線がその女にちらちらと注がれていた。

「おくらちゃん？　もしかして、おくらちゃんじゃない？」

結実は、女に近づき、声をかけた。女がふりむき、無表情な顔で結実を見た。

「誰？」

「結実。手習い所で一緒だった」

くらの目が見開かれた。

「結実ちゃん？」

「そう。覚えてる？」

「覚えてる。……よく声をかけてくれたね」

くらのか細い声が風に流れていく。この日も風が強かった。

「この間、良枝ちゃんがおくらちゃんと会ったって教えてくれたの。大川端の小料理屋さんで働いているって。で、気になって来てみたの。お店はもしかして」

くらがかすかにうなずく。

「焼けちゃった。丸焼け……」

そういいながら、くらは髪を手で押さえた。強い風が髪をなぶるように吹いている。

「……繁盛してる店だったんだってね」

「もうなんにも残ってない」

ついさっき、火事場を見に来た店主と会うことができたという。

「幸い、みんな無事で、本所の親戚の家に身を寄せているんだって。でも、店の今後は皆目わからないって」

「おくらちゃんの家は大丈夫だった？」

「橋向こうだから」

「よかった。家までなくなったら大変だった」

「幸い、風向きが違っていたから。でもこれからどうしたらいいんだろ」

くらはこめかみを指で押さえた。

結実はくらの顔を覗《のぞ》き込むようにして言った。

「よかったら、うちにちょっと来ない？」

「結実ちゃんちに……」

「坂本町だから、歩いてもすぐ。ここじゃゆっくり話ができないし……」

舞い上がる煤と埃と匂いが鼻の中にも毛穴の中にも容赦なく入り込んできて、吐き気を催すほどだった。

「でも」

「気楽なところだから、おいでよ」

ぐずぐずするくらの手をとり、結実は歩き始めた。

日本橋川沿いには、真っ白な酒蔵がずらりと並んでいる。ほんの近くなのに、火も煙も免れた町は何もなかったようにいつもの営みが続いている。

「結実ちゃんはお産婆さんやっているんだって？」

「うん。良枝ちゃんから聞いた？」

「良枝ちゃんは村松屋のおかみさんだってね。うちの店も、村松屋さんからお酒を入れていたんだ。すごい出世だよね。良枝ちゃん、顔はきれいだし、子どものころから頭もよかったから。もう跡取りもいるって。みんなから一目おかれているって、大したもんだよね」

くらと出会ったときの良枝の姿が見えるような気がした。

良枝は、自分の幸せをみせびらかさずにはいられない。亭主とうまくいっていないことなどおくびにも出さず、贅沢三昧していると自慢気に話したのではないか。

「結実ちゃん、所帯は持ってるの？」

「いちおう」

大地堂の看板を見上げて、くらはまばたきをした。

「でも実家住まいなんだ。戻ってきちゃったの？」

「戻ってきたわけじゃないのよ。私と亭主は離れで暮らしてるの。亭主はおとっつぁんの弟子で」

「お医者さん？」

「そう」

別宅から赤ん坊の泣き声が聞こえた。

「もしかして結実ちゃんの子ども？」

「ううん。同僚の子と、手伝いの人の子。ま、うちの子みたいなものなんだけどね。

私はまだなの。欲しいんだけど」

「お産婆さんなのに？」

「関係ないのよ。できるできないは」

くすっとくらが笑った。

家に入ると、結実はタケに手習い所の友人だとくらを紹介した。

「結実さん、お昼まだでしょ。私たちは先にいただきましたよ。おすずさんも起きてご飯を食べ、往診に行きました」

「そういえばお腹ぺこぺこだわ。おくらちゃんもお腹すいていない？　一緒に食べよ」

「あたしは……」

「今日はうどんと握り飯だったよ」

タケがそういうと、くらのおなかがぐうっと鳴った。結実と顔を見合わせて、くらが恥ずかしそうに笑う。

結実の幼馴染だとくらを紹介すると、絹は目じりをゆるめた。真砂も出てきて挨拶した。

「まあ、結実と手習い所で一緒だったんですか。お世話になって」

昨日の火事で店が焼けてしまったとくらが打ち明けると、絹と真砂はいたわるような目になった。

「何はともあれ、無事でよかった。命あってのものだねだから」

「気兼ねなく、ゆっくりしていってくださいな」

くらはうどんをすすり、握り飯をほおばった。

「美味しい。朝から何も食べてなかったの。握り飯までぺろっと食べちゃった。……結実ちゃんちはいいね。おっかさんのご飯が食べられて」

「私のおっかさんは……」

絹は実母ではないといおうとした結実の声に、くらの声が重なった。

「知ってる。あの地震で本当のおっかさん、亡くなったって、聞いたよ。でも新しいおっかさんの握り飯の味、前のおっかさんのとおんなじだ」

「え？」

驚いて、結実はくらの顔を見つめた。くらはうっすらとほほ笑む。

「あたし、結実ちゃんちで握り飯をご馳走になったことがあるんだ。十歳ころだったかな。手習いの帰りに転んでひざから血が出たとき、結実ちゃんが、うちに行こう、おとっつぁんが手当てをしてくれるからって、引っ張っていってくれたの。覚えてない？」

　結実はそういわれて、泣きじゃくるくらの手を引っぱるようにして、連れてきたことがあったのを思い出した。

「あの時、結実ちゃんのおとっつぁんが傷を針で縫ったほうがあとにならないし、治りが早いっていったの。でも針で縫うなんて、怖いからやだって、あたし、泣きだしちまった。すると結実ちゃんのおっかさんが、痛いのは一時だけだからがんばって縫ってもらおう、おばさんがずっと手を握っているからって、いってくれたんだ。それが終わると、泣いたからお腹がすいたでしょ。よくがんばったね、偉かったって、すっぱい梅干しが入った大きくて丸い握り飯を作ってくれたんだ」

――縫った糸がとれるまで、手習い所の帰りに傷を見せにおいでね。毎日、握り飯を作ってあげるから。

――縫った糸をとるの？　痛い？

――縫うときがんばれたんだもの。それに比べたら全然痛くないよ。そうだ。その日には、おくらちゃんが好きな具を握り飯に入れてあげる。おくらちゃんは何をいれた握り飯が好き？

――おかか。

――わかった。その日はかつおぶしをたくさんかいて作ってあげる。だから毎日おいでね。

結実の母・綾の握り飯につられて、くらは七日ほど大地堂に通ったという。

今は亡き、綾の顔が結実の脳裏に浮かんだ。優しくほがらかで食いしん坊な母だった。握り飯でくらを釣ったというのが母らしかった。

それにしても、綾と絹の握り飯の味が似ているなんて、結実は気づきもしなかった。握り飯はこんな味だと思っていた。実の姉妹の綾と絹だからそれも道理かもしれないけれど、なんだか嬉しかった。

「……おくらちゃんは地震でおとっつぁんと兄さんを失くしたんだったよね。おっかさんはお元気？」

くらは首を横に振った。

「あたしが十四の時に病で死んで、ひとりになっちまった」

「まあ……地震の後、おっかさんのご実家に住んでたんじゃなかった？」

「ううん。そう言ってただけ。おとっつぁんもおっかさんも、口減らしのために銚子《ちょうし》の《の》から出てきた口だから、親しい親戚なんて江戸にひとりもいなくて。おっかさんの野辺《べ》送《おく》りも私がだしたんだ」

「そうだったの」

地震で父と兄がなくなり、住んでいた椿長屋はつぶれてしまった。母とふたりで店賃の安い三郎長屋に移り、くらも母親が仲居をしていた小料理屋で働き始めた。はじめは使い走りや洗い物など雑用をしていたが、母が死んでからは仲居として働いた。

小料理屋が店を閉じたときに、紹介する人があり、ひょうたんに移り、三年になるという。

「今はどこに暮らしているの？」

「おんなじ。三郎長屋よ」

別宅に戻り、結実はくらの体を診た。三月ほど前から月のものが止まっているという。

「おめでとう。来年の五月か六月にはおくらちゃんもおっかさんよ」

「……暮らしていけるのかな」

腹に子がいることを喜ぶ前に、くらは子を持つ不安を口にした。

勤めていた店が焼けてしまったのだ。くらが浮かぬ顔なのも、無理からぬことかもしれなかった。

「ご亭主はどんな人？」

「……優しい人……でもまだ所帯を持ってるわけじゃなくて」

そうだったんだと結実は気が重くなった。やっぱりとも思った。

くらの表情が晴れないので、もしかしたらと頭をかすめていた。

所帯を持てる人ならいいが、相手に女房がいたりしたら、くらはひとりで子どもを育てていかなくてはならない。

結実の息が間遠になったのに気がついたのか、くらがふっとほほ笑んだ。

「相手はひとりものよ」

「よかった。だったら早く一緒に……」

「ひとりものなんだけど……歩兵《ほへい》だから」

結実の声をさえぎるようにくらはいった。

「歩兵組？」

「そう。春吉《はるきち》さんっていうの」

公儀は戦に備え、旗本や御家人の次男三男を新規に召し出した「別手組《べってぐみ》」と、関東諸国の百姓の次男三男を集めた「歩兵組」を作っていた。

歩兵組は、身分は最下層ながら、武士に準じ、脇差《わきざし》の帯刀《たいとう》を許されている。入営後の功績次第では正式に幕臣に登用される道もあるという。

西に送られる歩兵も多く、近頃では年中、歩兵組を募集している。

そのため、江戸近在のごろつきまでもが、歩兵組の制服である紺木綿の筒袖《つつそで》に、段《だん》袋《ぶくろ》のようなものを穿《は》いて、鉄砲をかついでいる。公儀傘下の歩兵であることを笠に着て、芝居町で暴れる者や乱暴を働く者もいて、歩兵組の市中の評判はよいとはいいがたい。

「おくらちゃんのおなかが大きいって知ってるの？　その人」

「この間、教えた……」

「で？」

「びっくりしてた」

春吉は、武州《ぶしゆう》の百姓の三男で、江戸で歩兵を募集していると知り、故郷を離れ、入隊したという。しかしびっくりしたとは、のんきが過ぎるのではないか。深い仲になれば、子ができると春吉は考えもしなかったのか。

まだ見ぬくらの相手の春吉が、頼りない、いい加減な男に結実には思えた。

口調がいく分強くなったのはそのせいだった。

「びっくりして、それで？　子が生まれるなら一緒になるって言わなかったの？」

「だって神田小川町《かんだおがわちょう》の屯所《とんしょ》住まいだもの、あの人は。だから今は一緒に暮らせないって」

隊の偉い人が、春吉ら新兵数人をひょうたんに連れて来たという。そのときにお運びと給仕をしたのが、くらだった。

だがひょうたんは、一歩兵が気楽に寄れるような店ではない。以来、春吉が顔を見せることはなかった。

「それから一月ばかりして、たまたまお使いに行ったときに、町で声をかけられたの。ひょうたんのおくらちゃんじゃないかい？　って。それが春吉さんだった。お店で見た時から、あたしのこと、かわいいって思ってたんだって。で、これから近くの居酒屋で飲むから、店が終わったら顔を出してくれないかっていわれたの」

うふふと笑うくらを、結実は呆れたように見た。

「まさか顔を出したの？」

「感じがよかったし、ひょうたんに来るお客さん、年配の人ばかりで。若い人と知り合うなんてめったにないことだもの」

歩兵たちが飲んでいる居酒屋なんて、どんなところか知れている。安酒を出す、入れ込みになっている縄のれんだ。そんな店に若い女がひとり紛れ込むなんて危なっかしすぎる。

「大丈夫よ。結実ちゃんは箱入りだからすぐ心配しちゃうけど。そうそう無体《むたい》なことなんてないから」

くらはまたふふっと笑って、そんな逢瀬を重ねるうちに春吉と深い仲になったといった。

「けなげなの、あの人。私より三つ年下だから私を守ろうと一生懸命で」

くらと結実は二十四だから、春吉は二十一ということになる。

「腹の子はこれからどんどん大きくなるのよ。歩兵をやめて、所帯を持つことはできないの？　おくらちゃんを守るってそういうことなんじゃないの？」

「あの人、これまで野良仕事しかしてこなかったでしょ。かなの読み書きがやっとだし、算術だって苦手。そのうえ、今、江戸は仕事を探す人があぶれているじゃない。侍が減っちまったから。ろくな仕事が見つからないのよ」

文久《ぶんきゅう》二年（一八六二年）、参勤交代制が「江戸に住居させていた妻子は国許《くにもと》に引き取っても構わない」と緩和されると、多くの大名屋敷は留守居を残すのみとなった。それにともない、大名屋敷に抱えられていた女中や下男、中間《ちゅうげん》などが職を失った。

それから五年、人余りは続いている。くらのいう通り、すぐに見つけられるのは人《にん》足《そく》などその日暮らしの仕事ばかりだ。

「でもひとりで子どもを育てるのは大変よ」

「……聞いてみるけど、あの人が自分からいってくれないかぎり、あたしから強くはいえないもの」

「いっていいんじゃない？　一緒になろうって。ふたりの子が生まれるんだから」

「……あたし、そういう話、したことないし」

自分のことなのに、くらはどこか上の空というか、他人事のような口ぶりだ。

「今度、その人に会わせてね」

くらは浅くうなずき、そろそろ失礼するといって帰って行った。

門までくらを見送り、家の中に入るとタケがいった。

「気の毒に、火事になったんじゃ、これまでの給金も払ってもらえない。赤ん坊ができるっていうのに、どう暮らしていくか、気がかりだろうに」

「これまで働いた給金も出ないの？」

「そりゃそうでしょう。何もかも焼けちまったんだから」

何かくらに持たせてやればよかったと、結実は世間知らずの自分が情けなくなった。くら自身も己がおかれた境遇をわかっているのかどうか、知れたものではなかった。

数日後、くらがどう暮らしているのか気になって、結実は三郎長屋を訪ねた。

長屋は大川端町から橋を渡ったところだとくらが言ったのを頼りに、豊海橋《とよみばし》を渡った。

「三郎長屋というんですがご存じありませんか」

「ああ、あのぼろ長屋……」

花売りの男が顔をしかめたくらいなので、相当なものだろうとは思ったが実際はそれ以上だった。

船手屋敷と御船蔵《おふなぐら》に挟まれた長屋だった。

日当たりが悪く、どぶ板はうっかりすると踏み抜きそうなほど傷んでいる。板塀もところどころ割れていた。

油障子が破れているものもあれば、板壁の節が抜けていたりもする。

井戸端に置かれた腰掛に、歯の抜けたじいさんがぽつんと座っていた。くらの家はどこかと聞くと、黙って厠近くの戸を指さした。

近づくと厠の匂いが強くなった。この三郎長屋でも、もっともひどい部屋だ。

結実は唇を引き締め、訪い《おとな》を入れた。

「ごめんください。結実です」

一瞬、間があり、ガタンと音をさせて戸が開き、くらが白い顔をだした。

「結実ちゃん、どうしたの？　わざわざこんなところまで」

「どうしてるかなって思って。これ、お土産」

美味しいと評判の番小屋で買ってきた焼き芋を結実は差し出した。

「あら、嬉しい。わ、まだあったかい。……狭くて汚いところだけど、どうぞ」

四畳半と勝手があるだけの部屋だ。ちょっとすえたような匂いがした。

驚いたことに、部屋の隅に娘がひとり座っていた。先客かと思いきや、ひょうたんに住み込んでお運びをしていた娘で、昨日から一緒に暮らしていると、くらは言った。

「初めまして。はまと申します」

娘は、きちっと手をついて頭を下げた。

「すること、ほかにないから。毎日私、焼け跡に行ってるの。そしたら昨日、おはまちゃんと会ったのよ」

住み込みだったはまは、着の身着のまま逃げて、その後、弟のところに転がり込んでいたという。

「でも、いつまでも弟さんのところにいるわけにもいかなくて困ってるってんで、とりあえず、うちに連れてきたの」

「助かりました。弟も雇われ人なので肩身が狭い思いをしておりまして」

はまには親がなく、身寄りは小石川《こいしかわ》の薬園の園丁《えんてい》の家で雑用をしている弟だけだという。明日からの自分の暮らしが立ち行くかどうかさえわからないくらいが、はまを引き受けるなんて思い切ったことをしたものだと結実は目を見張った。

「ひょうたんはもう一度、お店を開けそうなの？」

「一度、本所まで行って旦那さんに会ってきたんだけど、そうしたいけれど、無理かもしれないって」

くらは目を落とし、ため息をついた。

「じゃ、これからどうするの？」

「どうしようかなと思って」

おなかの赤ん坊は待ったなしで育っていく。所帯を持ち、春吉に違う仕事を探してもらうのがいちばんだと、結実の喉元まで上がってきたが、困った顔をしているくらを責めるようで、口にはできなかった。

「暮らしていけるの？」

「春吉さんが昨日、少しまとまった銭を持ってきてくれたから当座はなんとか……」

はまは今朝、口入屋で、近所の蕎麦屋の手伝いの口を見つけたという。ひとつほっとする話だと結実は少しばかり胸をなでおろしたが、そううまい話ではなかった。

「さっそく明日から働くことになりました。といいましても、お伊勢参りに行った蕎麦屋のお姑さんが帰ってくるまでということで。ひょうたんが再興したらもう一度雇ってもらえたらいいんですけど」

はまは背筋が伸び、言葉もきれいで、きりっとした顔をしていて、いかにも賢そうだ。

だが蕎麦屋の手伝いだけでは自分の食い扶持《ぶち》を稼ぐのがせいぜいだ。

はまだって、いつまでもくらのところに転がり込んでいるわけにもいかないだろう。その場しのぎの蕎麦屋勤めなどではなく、住み込みで長く働ける、もっとしっかりした働き口を探したほうがいいのにと、結実ははまの顔を見た。

やはりひょうたんが焼けたことがこたえているからなのか、はまの目の色も暗いような気がした。

四

それから数日、十月も半ばを過ぎたころ、江戸は上を下にの大騒ぎとなった。公方様である慶喜が京で大政奉還を上表《じょうひょう》したという報が伝わったからだ。

「幕府が政《まつりごと》を、朝廷に返したって。どういうことなんです」

「将軍を自分からやめたってことらしいが」

公方様びいきだった絹は目を白黒させ、正徹もしきりに首をひねっている。

「はて、どうなるのか。……すべての藩の上にいてお国を統《す》べる徳川がなくなるわけで……源太郎、おまえどう思う？」

「さあ……また別の将軍がでてくるんじゃないですかね」

源太郎も困り果てたような表情だ。

業をにやしたように、絹はふたりをきっと見た。

「まさか徳川がなくなるわけじゃないですよね」

「なくなるってこたぁないだろう。将軍をやめたってだけで、藩は存続するんじゃないのか。徳川がなくなったりしたら、旗本から足軽までみな浪人になっちまう。そしたら世の中はめちゃくちゃだ。わからんが」

「おまえさまでもわからないんですか」

「わかるやつがいるか？　こんなこと前代未聞だからな」

正徹からも源太郎からも思うような答えが得られないと知ると、絹は落ち込みのあまり、半日ほど寝込み、穣之進に使いをだした。

正徹や源太郎に比べ、穣之進は事情通で世事《せじ》に長《た》けている。こういうときに頼りになるのはやはり穣之進だった。

穣之進は二日後の夜、大地堂を訪ねてきた。この間、様々な人と会い、大政奉還が意味するのは何かと話をしていたと重々しい表情で言った。

待ち人来るというので、絹は腕によりをかけて、もてなしの肴《さかな》を膳に並べる。

「侍はてんやわんやだ。連日、江戸城に詰めて侃々諤々《かんかんがくがく》しておる。そりゃそうだ。江戸幕府二百六十年、徳川の時代が終わるわけだからな」

「兄貴がそういうと、本当に終わるんだって気がしてきたよ。しかし、公方様はずいぶん思い切ったことをなさったもんだな」

正徹はそういって絹自慢の海老しんじょを口に放り込んだ。

「大政奉還をすれば、徳川家をつぶそうとしていた奴らの名目がなくなるからだろう」

「徳川家をつぶそうとしていた？　そんな不埒《ふらち》な輩がいたんですか。いったいどこのどなたなんです、それは？」

男の話に口をださないというのが女のたしなみとされるが、こと徳川家のこととなると、絹はだまっていられずに口をはさんだ。

「尊王攘夷を唱えている連中だよ。つまり、長州、薩摩、土佐だ」

「まあ……」

「しかしやつらに徳川にとって代わる力があるのか」

そういった正徹に穣之進はゆっくり首を横に振った。

「朝廷には政治をとりおこなう力などない。ずっと蚊帳の外にいたんだからな。結局は朝廷のもとで、幕府を含めた諸藩の連合会議で決めていくことになるだろう」

「連合会議？　徳川の力なくして、やはり世は治められないか」

「そうでございましょうとも」

絹が相槌を打つ。

「……だが、そうはいかないかもしれないだろうという者もいる。徳川を政に加えれば、どうしたって徳川にはかなわない。徳川をぶっつぶすために、あらゆることをしでかしてもいいという連中も力を増している。これからしばらく世が乱れるかもしれん」

穣之進は苦々し気にいった。

政局の中心が帝のいる京に移り、国の中心だった江戸は一転、もぬけのからのようになった。

大政奉還後の体制がどうなるのか、自分たちの藩を維持することができるのか。幕府のない江戸にいるなど意味がないと、留守居の多くが国元に戻り、二百六十家余りの大名の上屋敷、中屋敷、下屋敷、江戸市中のおよそ六割が空き家となった。

武家方の人口は激減し、多くの武家奉公人がまた職を失った。

それにかわるように、攘夷志士や浪人、博徒《ばくと》が江戸市中に流入し、放火や、掠奪・暴行などを繰り返すようになった。

まず攻撃対象になったのは幕府御用達の店や唐物を扱う店などの大店だった。

押し込み強盗まがいの輩も雪だるま式に増えた。逆らえば殺す。盗んだ後には、ためらいなく火付けをする。

それらを取り締まったのは、新徴組《しんちょうぐみ》とそれを預かる庄内《しょうない》藩だった。

新徴組は西の新選組と成り立ちは似ているが、新選組が近藤、土方《ひじかた》ら浪士たち自身が指揮していたのに対し、新徴組は直接庄内藩が指揮統制していた。

揃いの朱の陣笠をかぶり、夜には庄内藩酒井家の紋所《もんどころ》であるかたばみの提灯を下げて市中を巡回する新徴組は、『酒井（庄内藩）なければお江戸はたたぬ、おまわりさんには泣く子も黙る』とうたわれるほど、江戸者に頼りにされていたが、無頼たちとの抗争は一向に収まらなかった。

大地堂には、そうした小競り合いや衝突で傷ついた人たちが運ばれることも増えていった。

栄吉たち町火消しも気の休まることがない。火のないところから火が出るからだ。町々では拍子木《ひょうしぎ》の音を響かせながら夜回りもはじまったが、その町人が辻斬りに斬られることまで起きた。

その夜も半鐘が鳴った。

「なんで、こんなにひどいことばっかりするんだろ」

暗い夜空の遠くに立ち上る白い煙を見ながら、結実は源太郎につぶやいた。

「火にまかれる人のことなんぞ、これっぽっちも考えていねえんだ」

源太郎が珍しく強い口調で続ける。

「この間、坂巻《さかまき》さんがこんなことを言っていた。火付けは、江戸の治安を乱れさせ、人心の不安をあおり、徳川への信頼失墜を狙ったものだって」

坂巻権左衛門《ごんざえもん》は、仏の坂巻といわれるほど町人に慕われている同心だった。

大政奉還後も、粛々と町回りを続けている。ときには岡っ引きを指揮して、怪我人を大地堂に運んでも来る。

「徳川を悪者にするためにやっているっていうの？　よくもそんなことを」

結実は唇を嚙んだ。火事は家や家財道具だけでなく、それまでの暮らしそのものを奪っていく。

付け火をする者は、人々が笑ったり泣いたりしながら、営々と暮らしてきたことを、考えもしない人でなしだ。

「徳川がたまりかねてそいつらに兵を挙げたところで、戦をしかけ、いっきに徳川の息の根を止めようとする魂胆だ、と」

「徳川をけしかけるために、この付け火や押し込みをやってるっていうの？　ひどい。でも、とすると、それを仕組んでいるのは……やっぱり薩摩、長州、土佐ってこと？」

「そのどこか、もしくは全部か。……身上の一切合切を失い冬空に焼け出される江戸者のことなんざどうでもいいわけだ」

源太郎が唇を嚙んだ結実の肩を抱き、ふたりは家に戻った。

茶の間に座り、結実は火鉢にかけた鉄瓶《てつびん》から湯を注ぎ、番茶を入れ、源太郎の前に湯呑をおいた。

どうしてこんな殺伐とした世の中になってしまったのか。

とはいえ、今だって両国広小路は人でにぎわい、浅草の奥山には見世物小屋がかかり、人形芝居に人が集まっている。

葭町《よしちょう》の芝居小屋は着飾ったお客で満員御礼だ。伊勢講《いせこう》のお金がたまったからと連れだってお伊勢参りに出かける人もいる。

にぎやかで楽し気な江戸はなくなったわけではない。

けれどいつ何が起きるかわからない不穏な空気がその奥底に流れている。

考えても埒《らち》は明かず、できることもない以上、人は普段通りに過ごすしかない。

いっそ、芝居小屋に通う人たちのように屈託を封じこめ、気楽を装うほうがいいのかもしれないと思わないでもない。

源太郎は結実の肩をぽんとたたいた。

「徳川だってわかっているさ。戦にならないようにする。辛抱だ。戦をしたがってるのは、向こうなんだ。まあどうなっても、結実は赤ん坊を取り上げる。おれは病人の治療をする。それだけだ」

これまでならばここでふたりの話は終わった。

だが結実は思い切って口を開いた。ここでいわなければずっとあいまいのままだと思ったからだ。

「取り上げるだけじゃなくて、私も子どもがほしいの」

「……おれだって」

「源ちゃんは口ばっかり。私の切羽《せっぱ》詰まった気持ちなんかわかってない」

いつになくきつい口調で結実はきっぱりいった。

沈黙の後に、源太郎は「そうかもしれないな」とつぶやいた。

結実は膝においた手を握り締めた。そんな言葉が返ってくるとは思ってもみなかった。

――自分だって子どもがほしいと心の底から思っている。

源太郎はそういうとばかり思っていた。

「おれは、家族を持ちたいと思っていなかった」

源太郎は低い声で続ける。

源太郎は所帯を持ちたいと思っていなかった？

「おれの家はあんなだから」

源太郎は母を七つのときに亡くした。

父の藤原玄哲《げんてつ》はその直後、身体を壊し、多大な借金を作ったという。それをきれいにしてくれたのは、二番目の女房、源太郎にとっては継母の久美《くみ》の実家だった。久美は象二郎《しょうじろう》を産むと、源太郎を邪険にするようになった。象二郎を跡取りにしようと考えたからである。

源太郎は十七歳で大地堂に修業に出され、以来、実家には盆と正月に挨拶に戻るだけだ。

「そんな……」

「結実と出会って、所帯を持ちたいとはじめて思った。そういう気持ちにさせてくれたのが結実だったんだ」

「……子どもは？」

「命のつながりとは不思議なものだよな。自分の子どもはどんなにかわいいだろう。子どもを育てることで気づくことも学ぶことも多いだろう。子どもが生まれたら、今、頭の中で思っているよりはるかに、自分の人生が豊かになりそうな気もする」

「だったら……」

「でも怖いんだ。果たして自分に親が務まるのか。自信がない。……だから正直言えば、すぐに子に恵まれなくてよかったと思う気持ちもある」

「源ちゃんはいいおとっつぁんになるに決まってるわよ。なのにそんな……授《さず》かりたいのに、このままできなかったらどうしようって、私はそればかり考えているのに」

結実の目が濡れてきた。

思い描いていた家族が、源太郎とは違っていた。夢が壊れた虚《むな》しさがひたひたと湧き上がってくる。

「私は子どもがいない暮らしなんて考えられない」

源太郎と子どもたちとともに暮らす生活。

初節句、お食い初め、七五三……。

暮らしの中にさまざまな嬉しい節目ができる。

首が据わった。はいはいをした。歩き始めた。

花見、夏祭り、花火、落ち葉を集めて焼き芋、雪が降れば雪だるまづくり。

抱っこして、おんぶして、手をつないで、一緒にご飯を食べて。

「おれが結実と一緒になったのは、ふたりで人生を歩んでいきたかったからだ」

「そこに、子どもがいなくても平気なの？」

「おれは結実がいればそれでいい」

「……」

「子ができない人もたくさんいる。人生の全部が思い通りになるわけではないよな。生まれるときには生まれる。そういうものだろう」

「そんなこと、わかってる。でも私は……」

そのとき、大地堂のほうが騒がしくなった。ついで、絹の足音が聞こえた。

「源太郎さん！　怪我人が。火事から逃げてきて転んで足を折ったみたい」

「今行きます」

源太郎は結実を引き寄せぎゅっと抱きしめ、それから足早に出て行った。

結実はひとり、置き去りにされた気がした。


翌日、思わぬ人が結実を訪ねてきた。幼馴染の春江《はるえ》と美園《みその》だった。

ふたりは結実と同い年の八丁堀育ちで、手習い所が一緒で幼いころから気が合った。

春江は十歳も年上の勘定方《かんじょうがた》の役人と一緒になり、三人の子持ちになっている。

美園は父親と同じ同心に嫁ぎ、男の子と女の子に恵まれた。

ふたりの子どもたちも真砂と結実とすずで取り上げた。

源太郎と一緒になる前には、結実の顔さえみれば、ふたりは早く所帯を持てと口を酸っぱくして言っていた。

「これから徳川に仕えていた者がどうなるのか、旦那さまも皆目見当《かいもく》がつかないらしいの」

「江戸を追われるかもしれないっていう話もあるし」

「……江戸を離れるなんて、思いもしなかった」

ため息交じりに春江がいえば、眉をひそめて美園がうなずく。

ふたりは大政奉還の後、息をひそめて生きてきたと口を揃える。

「今後、今までと同じ俸禄がいただけるかどうかもわからないし」

「そうなのよね」

武士は代々、所定の額の俸禄が入ると決まっている。それと引き換えに公方様に忠誠を尽くしてきたのだ。

それ以外に収入を得る方策は内職や敷地を貸す程度のことしかなかった。そのうえ、侍の家屋敷は徳川から貸し出されているもので、徳川がなくなれば当然返還しなければならない。すでに、下男や女中には暇を出したとふたりはいった。

「いいにくいんだけれど、もし、もしよ。俸禄がなくなるようなことがあれば、結実ちゃん、私たちの力になってくれないかしら」

春江と美園は切羽詰まった顔で結実を見つめた。

「力になるって？」

「うちの秘蔵の品……たとえば先祖伝来の掛け軸とか茶の湯の茶碗とか、屏風とかを……売ってお金に換えなくてはならなくなるかもしれない。そのとき、結実ちゃん、手を貸してもらえない？」

「頼りにさせてもらいたいの」

春江に続いて美園が低い声で言った。

結実は驚いてふたりの顔を交互に見た。

「でも、うちに余分のお金なんてないわよ。茶の湯なんて洒落たこと、やってる人もいないし」

「それはわかってる」

あっさりとうなずき、春江は続ける。

「結実ちゃんはお産婆さんだからいろんな家に出入りしてきたでしょ。八丁堀界隈に顔がきくじゃない。お父上も源太郎さんも、たくさんの患者さんから慕われている。その中から買ってくれそうな人をご紹介いただけたらと思って」

結実は首をかしげた。産家にいっても、話すのはお産や赤ん坊のことだけだ。茶の湯など風流な話はしたこともない。

正徹と源太郎だってそうだろう。

「お願いしたいの。そのときがきたら」

ふたりは結実に手をついた。

会えば三人はいつも言いたいことを言いあい、笑ってまたねと別れるのが常だった。

こんな頼みごとをふたりからもちかけられるなどと思いもしなかった。

「あまり力になれないかもしれないけど、そのときは」

時代のうねりに誰もが無縁でいられない。

第四章　母子草　父子草

一

十一月から十二月にかけて、浪士たちが商家を襲い金品を強奪する事件が江戸の町々でさらに増えた。

やり方はますます荒っぽくなっている。

脅して金を巻き上げるのならまだいい。

いきなり大店《おおだな》を襲って家人らを殺害し、大金を強奪する賊も増えていた。

読売が書き立てれば人の知るところになるが、こうも多いと読売が事件を追うことすらできない。

自分の住む町で起こったことならともかく、そうでない場合は知らぬが仏で、長屋住まいの者など、貧乏人は盗られるものがないから安心だとうそぶく始末だった。

だが昨今では、頻発する辻斬りに、人々は夕方から家に心張棒《しんばりぼう》をかって閉じこもっている。

騒動を起こす浪士たちの拠点が三田《みた》薩摩藩邸だという噂も広まっている。

悶々とした気持ちを抱えつつも結実は産婆仕事を続け、源太郎と正徹は病人や怪我人の治療にあたっている。

絹は十二月十三日には煤《すす》払いをし、正月の準備を進めた。

何が起きようと、同じように暮らす。そうしていれば災いが寄りつかないと信じているかのように、絹は頑として例年通りであることにこだわっている。

穣之進が顔を出したのは、二十二日の夜、夕餉が終わり、各自が部屋に戻ったころだった。

「伯父さんが見えて、話があるって」

絹が別宅に結実と源太郎を迎えに駆けてきた。

座敷では、穣之進と正徹が厳しい顔で向かい合って座っていた。結実と源太郎、次いで真砂と章太郎が揃うと、穣之進は台所に立った絹に声をかけた。

「酒はいらん。何もいらん。お絹さんも座ってくれ」

結実の胸の内が波打ち始めた。

何かがあった。気がつくと、結実は自分の膝をぎゅっと握っていた。

じりじりと行灯《あんどん》の火が音をたてる。

やがて穣之進は静かに切り出した。

「京から文が届いた。桶町千葉で修行していた土佐の浪人を覚えておるか」

「龍馬さんか」

そう言った正徹に、穣之進はうなずいた。

「その龍馬さんが……京で暗殺されておった」

「暗殺……どうしてまたそんなことに」

正徹は困ったように眉を下げた。

結実は一瞬、ぽかんとしてしまった。

龍馬と会ったのは十年前、結実が十四のときだ。章太郎が生まれ、源太郎が大地堂に寄宿し、結実が産婆見習いになったその年だった。

土佐藩を脱藩した男だといって、穣之進が龍馬を連れてきたのだった。

脱藩浪人というとどこかに陰りがあるものだが、龍馬はそうではなかった。

居丈高《いたけだか》なところがなく、優しくほがらかだった。

頭はぼさぼさ、袴はよれよれで、笑顔が子どもみたいだった。

結実が土手堤にヨモギを摘みにいくというと、侍のくせについてきて、結実と並んでしゃがんでヨモギを採り、帰りはヨモギでいっぱいになった背負い籠をかついで、鼻歌を歌いながら歩いた。

——こじゃんとヨモギを摘んでどうするっちゃ。

——妊婦さんには煎じて飲んでもらうの。ヨモギはお通じを整えて、血をきれいにしてくれるんだよ。だから、ちゃんと洗って、干してとっておくんだよ。

——ほうか……結実ちゃんはまっこと賢いなぁ。ちっちゃな見習い産婆やき。偉いもんじゃ。

手放しで龍馬にほめられて、恥ずかしさのあまりうつむいてしまったが、結実はとても嬉しかった。龍馬の声には励ましがあった。

龍馬は身を乗り出し、目を輝かせて人の話を聞き、いつのまにか打ち解けていく。大人とも子どもとも。男とも女とも。

そして龍馬は来た時と同様、ふらっといなくなった。

龍馬はこの間も日本中を飛び回っていたと穣之進はいった。

「大政奉還を考えたのも龍馬だという話がある。龍馬がそれを土佐の後藤《ごとう》象二郎に話し、後藤が土佐藩主山内容堂《やまうちようどう》に進言し、容堂が公方様に建白したとか」

一脱藩浪人が公方様の出退に関わるなどほかの誰かなら到底信じられないが、結実は龍馬なら何をしでかしてもおかしくないという気がした。

「勝《かつ》さんに龍馬さんがかわいがられていたのは、知っているだろう。人の言うことをしっかりと聞き、敵であっても良いところはすぐに取り入れる。あれほど人に好かれる男にわしはあったことがない。幕府の要人から町人まで、上から下まで、思想の垣根もなく。龍馬がいるところには人がいっぱいだった」

穣之進は暗い天井を見つめ、かみしめるように続ける。

「それは無理だろうと、あいつがいうのを聞いたこともない。侍なのに、船で世界に乗り出していきたいと語り、それができるような世の中を作るといっていたらしい。そんなことは夢物語だといっても、まずはやってみますき、と笑って動きまわっていたとさ」

龍馬の笑顔が浮かんだ途端、今まで乾いていた結実の目が濡れた。

――結実ちゃんはこいからどんな別嬪《べっぴん》さんになって、どんなお産婆さんになるのかのう。楽しみじゃ。産婆はえい仕事じゃ。赤子には百も千も万も道が開けとるきに。自分のがらに適う道を、こつこつ行きや。

そういってくしゃっと笑い、大きな手で結実の頭をなでてくれたのは、いなくなる少し前だったろうか。

龍馬が死んだのは十一月十五日、享年三十三歳だった。

暗殺の実行犯は捕まっておらず、その黒幕は徳川とも薩摩藩とも、土佐藩とも紀州藩ともいわれ、今もわからないという。

「龍馬さんだけじゃない。京では人がずいぶん死んでおる」

穣之進はそういって、ため息をついた。

「さな子さん、どうなさっていますか？」

絹がおずおずと口にした。

さな子は桶町千葉を率いる千葉重太郎の妹で、龍馬の許婚《いいなずけ》だということだった。

道場で怪我をした弟子につきそって、さな子が大地堂に来たことが何度かある。袴をはき、髪をひとつに結ったさな子は、凛々しく美しかった。整った顔と静かな居住まいの中に、内なるやさしさと強さを感じさせる人だった。

待合室に座っていた隠居たちの「龍馬さんの許婚だ」「鬼小町だ！　きれいな顔して、刀を持てば並の男はとてもかなわないそうだ」というささやきが耳に入っていたはずだが、さな子の表情は少しも揺るがなかった。

実際、さな子は、名だたる女剣士だと、穣之進もほめていた。

十代ですでに北辰一刀流皆伝の腕前だったといわれる。鬼小町と呼ばれたのは、十九歳で宇和島藩伊達家の姫君の剣術師範となり、のちに藩主となる伊達宗徳と立ち合って勝ったからだった。

龍馬が桶町千葉をあとにしてから十年にもなる。

「さな子さんのことは聞いておらんが……悼んでおられるだろ」

穣之進はいった。行灯のぼんやりした灯りのせいか、穣之進はずいぶんくたびれて見えた。

さな子はどんな思いで、ひとり身を通してきたのだろう。その果てに、こんな日が来るなんて、運命の残酷さを結実は思わずにいられなかった。

人が死ねば、その人とともに生きるはずだった明日も消える。

絹糸のような雨が降り出していた。

その夜、源太郎と遅くまで龍馬の話をした。あんなおもしろい人がこの世にいたなんて不思議だという話になり、笑ったり涙を流したりしながら、結実なりに龍馬を送った。

「結実、半鐘《はんしょう》が鳴ってる」

源太郎の声で結実は目をあけた。まだ夜明け前で、あたりは真っ暗だ。

「遠いんじゃない」

といいつつ、結実は布団を首元までずりあげた。

半鐘が一打だったら遠くの火事で、二打だったら大火、連打のときは火元が近いとされている。聞こえているのは一打だ。

だが、源太郎は気になるといって体を起こし、雨戸をあけた。

明け方近くのこのころがいちばん眠りが深く、結実の瞼《まぶた》はなかなかあがらない。

「結実、大変だ。起きろ。起きたほうがいい」

源太郎の声の鋭さに、結実はのろのろと布団から出た。

雨戸をあけたところから、落ち葉がたまったような匂いが流れ込んでくる。

昨夜の雨はあがっていたが、雲がたちこめ、星ひとつ見えない。

だが、暗い空にひとすじ、白い煙が立ち上っていた。

煙が立ち上る方角が意味することを理解すると、ぞっと肝が冷えていった。

千代田の城だ。煙は城の中から立ち上っていた。

結実と源太郎は家を飛び出し、海賊橋《かいぞくばし》まで駆けた。すでに橋のたもとは人でいっぱいだった。

「お城が燃えてる」

「西の丸か」

「またかよ」

「くわばらくわばら。こうもしょっちゅう城が燃えるなんざ、やっぱり徳川さまは終わりってことじゃねえのか」

そのとき、後ろから大声が響き渡った。

「道を空けーい」

あわてて人々が左右にどくと、顔をこわばらせた侍たちが城に向かって駆けて行った。

結実が覚えているだけでも、江戸城は何度も火事に見舞われている。

安政六年（一八五九年）の火事で本丸が焼失し、文久三年（一八六三年）六月の火事で西の丸が、同じ年の十一月には本丸と二の丸が焼失した。そして翌元治《げんじ》元年（一八六四年）に、二の丸と一部に本丸の機能も包含した西の丸が再建され、それから三年がたっている。

明るくなってようやく鎮火したが、こういう出来事はまたたくまに江戸中に知れ渡る。

大地堂の患者の間でもこの火事の話でもちきりだった。

「燃えたのは二の丸だとよ」

「おいらもそう聞いた」

「二の丸には天璋院《てんしょういん》さまが住んでいるってな」

天璋院は先々代の十三代将軍・家定《いえさだ》の御台所で、薩摩出身だ。

「薩摩浪士と気脈を通じる天璋院付きの侍女が、手引きして放火させたって話だぜ」

「ご隠居、それ、どこから聞いたんだい」

「噂だよ」

真偽はともかく、ことがことだけに、噂の広がり方もすさまじい。

その朝、すずがやってくると、結実は井戸端に連れて行き、龍馬が京で暗殺されたと伝えた。

「栄吉さんには、今日にも伯父さんが話しに行くっていっていた。龍馬さん、お国のためにいろんなことをなさってたみたい。その話もしてくれるんじゃないかな」

「そう。亡くなっていたの。ひと月も前に。……栄吉さん、力を落とすだろうな。龍馬さんが大好きだったから」

栄吉は町人ながら、桶町千葉に通っていて、まるで兄のように龍馬を慕っていた。龍馬が勝肝いりの神戸海軍操練所にいたとき、栄吉は神戸に行くと決めたほどだった。

出立の間際に海軍操練所は閉鎖となり、その話は立ち消えとなったのだった。

「穣之進さんがあの人に話してくれたら本当にありがたい。あたしじゃ、栄吉さんを上手に慰めることもできそうにないから。……暗殺って。すさまじいね。ひどいね。千代田のお城の火事も付け火だろうっていうし。……世の中、どうなっちゃったんだろ」

すずは長いため息をついた。

昼前に畳町で蠟燭《ろうそく》屋「木藤《きふじ》」の女房・杉《すぎ》が産気づいたと迎えが来て、結実は道を急いだ。杉は二十四で、初産だった。

畳町は京橋の手前にある幕府御用達の御畳師が多く住んでいる町だ。

新場橋を渡り、楓川沿いに歩き、京橋川とぶつかる手前で右に折れ、城のほうに向かい、南伝馬町《みなみでんまちょう》の大通りを渡った。

今朝、城が燃えて震えあがったのに、十二月の大通りは、新たな気持ちで正月を迎えようという人でにぎわっていた。

——それはそれ。これはこれ。ここで踏ん張らなくてどうします。

今朝、味噌汁をお椀によそいながら、自分で自分を励ますようにいっていた絹の姿が町の人の姿に重なって見えた。

杉の陣痛は進んでいた。明け方から痛み始めたという。

すぐにも生まれそうだったが、八ツ（午後二時）を過ぎると、一転、陣痛が弱くなった。すでに水をのんでも吐いてしまうほど、杉は疲れ果てている。

「今のうちに目をつぶって休んでください。眠れるなら眠っていいのよ。また陣痛は必ずやってくるから、焦らずに、仕切り直しましょう」

結実が腰をもんだり背中をさすったりしてやると、杉は少しの間、うつらうつらした。

それから陣痛を促すために、杉を支え、部屋の中を歩いたり、四つん這いの姿勢をとらせたりした。杉の足を湯で温め、内くるぶしの近くにある三陰交《さんいんこう》のツボも押した。

「ここまでがんばったのに、このままおさまったりしないよね。生まれるよね」

「赤ん坊も今、きっとそのときに備えて休んでいるんです。次に陣痛の波が来たら、赤ん坊に会えますよ」

その言葉通り、再び陣痛が始まり、六ツ（午後六時）過ぎに、髪のふさふさとした女の子が誕生した。

杉は十七で浅草の菓子屋に嫁いだが、子宝に恵まれず、二十歳で離縁となった。

そして二十三歳になった昨年、蠟燭屋の亭主・昭一《しょういち》と縁あって一緒になった。

昭一は杉より十も年上で、二年前に亡くなった女房との間に、五歳と三歳の男の子がいた。

つまり、杉はふたりの子を育てるために女房に迎えられたのだが、嫁いで一年で、昭一との子が生まれたのだ。

「よく生まれてきてくれたね。私に子ができるなんて、夢のようだ」

赤ん坊の顔をじっと見つめて、杉が感慨深げにつぶやく。

その手を昭一がしっかりと握った。

「お杉。大役を果たしてくれたな。おまえによく似た器量よしだ」

杉はこくりとうなずき、涙を一筋こぼした。

ぱたぱたと足音を立てて、男の子ふたりが入ってきた。

「妹だ。女の子だから優しくしてやれよ」

そういってふりむいた昭一に息子たちは口をとがらせた。

「なあんだ、つまんねえ。男の子だったら一緒に遊べたのに」

「なあんだ、つまんねぇ」

長男のいうことを、次男がそっくりまねる。結実は思わずほほ笑んだ。

「つまんねえことなんかあるかい。おとっつぁんは女の子で嬉しいぞ。うちには立派な男の子がふたりもういるんだから」

「立派な男の子って、おいらたちのこと？」

「たちのこと？」

「ああ、そうだ。妹をかわいがるんだぞ。にいちゃんは妹を守るんだ」

杉はその様子をほほ笑みながら見ている。この上もなく幸せそうな表情だった。

木藤をあとにしたときには、五ツ（午後八時）を過ぎていた。二十歳過ぎの屈強な手代が用心棒を兼ねて、提灯《ちょうちん》を持ち、結実の荷物をかついでつきそってくれている。

日本橋通りを横切ろうとした時だった。

日本橋の方から、揃いの朱の陣笠をかぶった男たちが走ってきた。先頭の男はかたばみの提灯を持っている。

「新徴組だ……」

手代と結実は足を止め、京橋を風のように渡っていく男たちを見つめた。

また何か起きたのだろうか。

「戦になるんですかね。大店は押し込みに襲われ、あたりかまわず斬りたがる輩が増え、ご公儀は倒れて……」

手代が独り言のようにつぶやく。

何事も起こってほしくない。大政奉還、龍馬の死、千代田の城の火事。もうたくさんだ。

「湯屋じゃ、近頃、その話でもちきりですよ。戦が起きようが、おいらたち町人には関わりはないからいいようなもので」

町人は本当に関わりがないですむのだろうかと思ったが、結実は口にしなかった。楓川沿いを、手代が持つ提灯を頼りに歩きながら、結実は赤ん坊を抱いた杉の輝くような笑顔を思い出した。

とき満ちれば子は生まれる。世の中に何が起きようが、これぱかりは関係がない。三年子ができないという理由で前の亭主から離縁された杉は、昭一と一緒になってすぐに身籠った。

——おめでとうございます。年の末には赤ん坊を抱けますよ。

春に月のものがこないと訪ねて来た杉に、結実がそう告げると、杉は、がたんと横ずわりになり、顎がはずれたようにあんぐり口をあけた。

——結実ちゃん、私をからかってるんじゃないよね。

——おなかに、赤ちゃんがちゃんといますよ。

——本当に？　私、自分のことを石女《うまずめ》だとばかり思ってた。……私の中に赤子が宿ってるなんて。

それから杉は顔を手で覆い、嬉し泣きにくれたのだ。

──おれは結実がいればそれでいい。

源太郎の声がふいによみがえった。

結実にも杉のようなことが起こりうるのだろうか。結実はあわてて首をふった。所帯を持つのは源太郎以外、考えられない。

二

翌朝、口入屋《くちいれや》から紹介されたとひとりの女がやってきた。島田髷に結い上げ、きちっと襟元を合わせ、すっと背を伸ばしている。年は十九で、本所・石原町《いしわらちょう》の菓子屋の糸江という娘だった。

黒目がちの勝ち気そうな目をしている。

結実とすずの目を見て、すっと頭を下げた。十四から旗本・福島角衛門の御新造さまに仕えてきたという。

「長く奥勤めをしてまいりましたが、このたび、こちらさまにご縁をいただき、ぜひ、お役に立ちたいと思っております」

大政奉還の後、武家の奉公人の大半が職を失った。糸江もそのひとりらしい。

これまでも口入屋から、結実はふたりの娘を紹介された。そのたびに、こうしてすずとともに相対してきた。

最初にやってきたのは大名家の下働きをしていた十七の下駄屋の娘だった。次にやってきたのは、元の亭主が按摩だという二十八の女だった。

とりあえずどちらにも二日ばかり来てもらったが、下駄屋の娘はお産の立ち会いで血を見た途端、口をおさえてしゃがみこんでしまった。気分が悪いと横になる始末で、本人からこの仕事は務まらないと断りが入った。

二十八の女は、按摩の亭主の門前の小僧よろしく、ツボについてうんちくが過ぎた。結実とすずにさしでがましく余計な口をきく。もし雇い入れたなら、結実たちをさしおいて勝手なことをしかねず、こちらは断りをいれた。

「お産の立ち会いをしたことはありますか」

「ございませんが、教えていただければ一生懸命務めるつもりでございます」

糸江ははきはきと結実に答えた。

「奥勤めって、どんなことをやってきたんですか」

今度はすずが尋ねた。

「私はお子様方のお世話係でございました。読み書きや算術はもちろん、礼儀作法、お琴の手ほどきもいたしておりました」

「子どものしつけと勉学ですか。洗濯や草引きとか家事のようなことは？」

糸江は物干しざおに、大量の晒《さら》し木綿《もめん》を干しているタケをちらとみながら、眉を寄せた。

「炊事、風呂焚き、洗濯などは、下働きの仕事でございますから、私は」

「ここではそういうことをお願いすることもあるんですが」

糸江は小さく息を吐いた。

「……でございますか」

「お産が夜中に及ぶのはしょっちゅうで、稀には二、三日、寝ないでつきそうこともあって。そういうときも同行してもらいたいのですが」

「はあ。大変なお仕事でございますね」

あとから口入屋に連絡をいれるといって、糸江には引き取ってもらった。

戸が閉まると結実はため息をついた。

「おすずちゃん、どう思う？」

「ちょっと難しいかも。これは私のやることではない、とか、いいかねない感じ」

「下働きの仕事でございます、っていったもんね」

すずはうなずき、口をとがらせた。

「実家は本所のお菓子屋なんでしょ。町人言葉で育ってんだから、あんなにお高くとまることないのに。向こうから断ってくる気もする」

結実はふうっと息を吐いた。

「今度もダメかぁ。……私たちみたいないい子はそうそういないってことだ」

すずが目を大きく見開いた。

「私たちみたいないい子？　何、それ」

「真砂先生がいってたの」

すずと話すときは、真砂のことを先生と結実は今も呼んでいる。

「先生がなんて？」

「私たちはいい子だったって。おすずちゃんも私も」

「……うれし」

笑顔のすずを見つめながら、人探しは難しいものだと結実は小さくため息をついた。

――女中希望ならいざ知らず、産婆仕事をしたいなんて奇特な娘は今どき、とんとみつからねえんでさあ。適当なところで手を打ったほうがいいと思いますがね。

口入屋のタヌキ顔の親父は、断りに行った結実に、眉をひそめてまたこう言うだろう。


再び人探しを頼みに口入屋に行ったせいで、遅くなってしまった昼ご飯を食べようと結実が本宅の茶の間に行くと、待合から患者の声が聞こえた。

「昨日の夜、見回りをしていた新徴組の連中が走って帰ったのを見なかったか。あれは……三田の庄内藩の屯所に鉄砲が撃ち込まれたからだってよ」

飛脚問屋の隠居・喜左衛門の声だった。喜左衛門は目の調子が悪く、毎日のように目を洗いに通ってきている。

昨晩、杉のお産の帰りに新徴組が顔をこわばらせて走っていたのでただ事ではないとは思ったが、まさか旧幕府直轄の屯所に鉄砲が撃ち込まれたなんて、結実は想像もしていなかった。

「いったい誰がそんなことを。見つかったらとんでもないことになるだろ」

「大きな声じゃ言えないが、……やったのは薩摩だそうだぜ」

喜左衛門が低い声で言う。

「また薩摩か。……城は焼かれる。江戸を取り締まっている新徴組には鉄砲玉を撃ち込まれる。やられっぱなしだ」

「いやな世の中だねぇ」

しみじみとつぶやいたのは、せんべい屋の隠居のおすがばあさんだ。すがは首の後ろのできものを三日前に切開し、消毒に通っていた。

「それだけじゃねえんだよ」

二十日の夜には鉄砲や槍などで武装した五十名が薩摩藩邸の裏門から外に出たところを新徴組が追撃したという。

飛脚問屋には各地の出来事から風評までもが、どこより早くもたらされるのだ。

「新徴組が尋問すると、連中は御用盗を働いていたと白状したそうだ」

喜左衛門は渋い声で重々しくいう。

「そいじゃ御用盗の親玉が薩摩藩邸だってんですかい？」

「そいつぁ、いくらなんでも因業だ。新徴組が取り締まろうにも、藩邸に逃げ込まれたらどうにもなんねえや」

「……悔しいねぇ。芋侍にいいようにされて」

すがの声にはやりきれなさがにじんでいる。

「こっちから仕掛けてやっつけちまえばいいじゃねえか」

順番待ちの患者が何人も身を乗り出して、喜左衛門の話を聞いているのだろう。

男たちの声はどんどん尖ってきた。

「それができねえから苦しいんだ。大戦《おおいくさ》になっちまう。だからぐっと我慢してるんだと聞いているぜ」

喜左衛門が言うと、みな黙り込んだ。

「……でもこんなことが続いたら、いつか堪忍袋の緒も切れるんじゃないのかい？」

すがの声が意外に大きく響いた。

三田で戦いが起きたのは、翌二十五日のことだった。

三田薩摩藩邸に幕府軍が向かい、数時間の戦いののち藩邸は炎上。百名を超える浪士が捕縛された。

戦いの死者は薩摩藩邸奉公人や浪士が六十四人、旧幕府側では十一人にのぼった。

三

そうこうしつつも、年は巡り、慶応四年（一八六八年）の正月を迎えた。

幸い、今年の正月は珍しく、臨月の妊婦がいなかった。

元旦、松竹梅が描かれた掛け軸がかけられ、万年青《おもと》がすっきりと活けられた床の間を背に座った正徹に、家族一同、ウメや五助も加わって、みなそろって挨拶を交わした。

屠蘇《とそ》を呑み、お節料理とお雑煮を食べると、正徹は、源太郎と結実にいった。

「怪我人や病人が来ても、私がいるから大丈夫だ。ゆっくり実家に顔を見せにいってこい」

正徹に背中を押され、ふたりは浅草《あさくさ》・材木町《ざいもくちょう》の源太郎の実家に向かった。

商家はみな戸を閉じていて、いつもの喧騒はどこへやら、町は静まりかえっている。

商人は、大みそかまでは掛け売りの金の回収で遅くまで大忙し。初売りは二日からと決まっているので、元日は寝正月なのだ。

一方、常の年なら、元日は御目見《おめみえ》以上の侍は将軍家などへの、それ以下の侍も上役への挨拶で一日中走り回っているが、当の主が将軍職を返上してしまったので、町を歩く侍も少ない。

江戸橋を渡り、小伝馬町《こでんまちょう》の通りに出て、浅草御門の橋を渡った。

いつもは舟が行きかう神田川《かんだがわ》も本日は静かで、川面が新春の光を浴びてきらきらと輝いていた。川の土手には凧あげをしている人々がいっぱいで、薄青い空に色とりどりの凧が躍っている。

玄哲の家はよくある仕舞屋《しもたや》で、入ってすぐの板の間が診察室、奥が茶の間と座敷を兼ねている。戸を開け、源太郎が訪いを入れた。

「あけましておめでとうございます」

座敷から人々のにぎやかな声がするにもかかわらず、なかなか返事がない。

もう一度、声をあげると、玄哲が出てきた。

「おお、源太郎に結実さん、よく来てくれたな。久美は何をしているんだか。……さあ、上がって。今日は仕事仲間が集まっている」

玄哲は顔をほころばせ、手をとらんばかりにふたりを座敷にいざなった。

源太郎と結実は客人に挨拶をし、仏壇にも手をあわせた。

「おい、源太郎と結実さんが来たぞ。お膳をふたつ頼む」

いまだに継母の久美は挨拶にも出てこない。結実は「お手伝いしてきます」と源太郎に耳打ちして、奥の台所に向かった。

晴れ着を着た久美は、正月の挨拶を述べた結実をちらっと見て、ぶっきらぼうにいう。

「わざわざ遠くまでいらしていただかなくてもよかったのに。お忙しいでしょう」

「いつもご無沙汰をしてしまって申し訳ございません。よかったらお手伝いさせてください」

「慣れないことは結構でございますよ。手はうちの者で足りておりますから……でもそうね、源太郎さんとご自分のお膳くらいは持っていってもらおうかしら」

まるで結実はうちの者ではないといわんばかりに、久美は言う。またかと結実の肩が落ちた。訪ねれば必ず久美の皮肉をくらって、いやな気持ちにさせられる。

だが結実はおとなしく引き下がり、お膳を持って、座敷のいちばん隅に座った源太郎の隣に腰を落ち着けた。

正面には玄哲と、次男の象二郎が並んでいる。そのまわりに浅草在住の医師たちが顔を揃えていた。

「源太郎君、久しぶりだな。正徹先生の右腕となっていると聞く。腕があがっただろう。医学所にも通い始めたそうだな」

「ええ、まあ」

「ま、一杯どうだ」

しきりに玄哲の友人たちに酒を勧められたが、源太郎は軽く舌をしめらせるだけだ。

飲めないわけではない。穣之進が来れば正徹とともに盃を重ね、調子があがることもままある。けれど、源太郎が実家で酒を過ごすことはなかった。

「で、医学所では何をやっとるんだ？」

「外科に関することをかいつまんで……」

源太郎が頭をかき、口を濁した。

「正徹先生が一目おいて、婿に迎えたんだ。さぞかし優秀なんだろう」

「ついていくのが精いっぱいで、年中、ひいひい言っています」

源太郎が眉をさげると、医者仲間がどっと笑った。

「象二郎君は医学所では」

「私は全科目、学んでおります」

象二郎が余裕たっぷりにいう。

「象二郎君は医学所でも秀才と評判だそうだ。玄哲は子どもに恵まれてうらやましい限りだ」

「そういうおまえさんの息子も、長崎帰りじゃないか」

そのとき、燗《かん》を付けた徳利をお盆にのせて運んできた久美が、結実のすぐ近くに控え、ときおりこちらをにらむように見ていることに気がついた。

「そろそろ源太郎さんとこは、子どもじゃないのか」

結実の胸がどきりと音をたてた。

「すると、玄哲もじいさんか」

「そりゃいいや」

医者仲間が笑い声をあげる。

源太郎もにこやかに笑い、盃をおいた。

「では私たちはお先に失礼いたします。みなさまにもお目にかかれて、嬉しゅうございました。どうぞ、ごゆっくりなさってください」

「もう少し、飲め。源太郎。たまには話をしようじゃないか」

「このご時世、いつ怪我人が出るかわかりませんので」

珍しく父親の玄哲が酒を勧めたのに、源太郎はそれも断り、実家をあとにした。

外に出てしばらく歩くと、浅草寺のおひざ元のこのあたりには、さすがに初詣の人が出ていた。

「お義父《とう》様、源ちゃんと話したかったんじゃない？」

「いいんだよ。おれがしゃしゃり出ないほうが」

さっぱりとした表情で源太郎がいう。

「でも」

「お久美さんの機嫌が悪くなるからな」

源太郎は継母のことを昔から名前で呼んでいた。

結実は源太郎とはじめて出会ったときのことを思い出した。

正徹が大地堂を開いた祝いに、玄哲が源太郎を伴ってやってきたのだ。

結実は九歳、源太郎は十二歳のことだ。

正徹と玄哲が座敷で話に興じている間、結実と源太郎は茶の間で一緒に遊んだ。それまで結実は子ども相手なら誰にも歌留多《かるた》とりで負けたことがなかったのに、勝ったのは源太郎だった。結実が泣きべそをかくと、次から源太郎の負けが続いた。

源太郎がわざと負けてくれたのだとわかったのはずいぶん後になってからだった。

次の正月には、正徹と綾に連れられて、結実が玄哲の家を訪ねた。

源太郎と遊ぶのを楽しみにしていたのに、源太郎は座敷になかなか顔をださなかった。大人の話に退屈した結実がつい口をとがらせて、綾に「お行儀よくなさい。源太郎さんはお忙しいんですから」と叱られたのが幸いして、玄哲が源太郎を呼んでくれた。

源太郎と再会して大喜びした結実が凧あげをしたいというと、大川端に連れて行ってくれた。青空に凧がぐんぐん上がったところで、源太郎は結実に「はい」と糸をもたせた。凧に凧がさらわれそうになると、さりげなく手を添える。自分は凧あげ名人だと結実が思い込んだほど、凧は高くあがった。

だが凧あげを終え、家に戻ると、久美は帰りが遅いと、源太郎をきつく叱った。結実が涙ぐんだほど、容赦ない叱り方だった。

そのとき源太郎がなかなか挨拶に出てこられなかったのも、奥で女中仕事を手伝っていたからだとわかったのだ。

――長い間、家族を持ちたいと思っていなかった。おれの家はあんなだから。結実と出会って、所帯を持ちたいとはじめて思った。そういう気持ちにさせてくれたのが結実だったんだ。

この間、源太郎が口にした言葉が結実の胸によみがえった。

源太郎は七つで実母を亡くした。女房を失った寂しさからか、朝昼なく酒を飲むようになった玄哲は、医者を続けるどころの話ではなくなり、ついには酒が抜けるまである屋敷の座敷牢に隔離された。その間、源太郎は知り合いの家を居候として転々とさせられたという。

ようやく玄哲の体が回復したとき、源太郎は八歳になっていた。

その後、出戻りの久美を紹介する人があり、ふたりは一緒になり、玄哲が抱えていた借金を久美の家が肩代わりしてくれたのである。以来、玄哲は一切酒を口にせず、粛々と医者として働いている。

今日も、人には酒を勧めつつ、自分は白湯《さゆ》を呑んでいた。一滴でも飲んだら、自分の人生は終わりだというのが玄哲の口癖だった。

それにしても、久美と会うたびに胸が冷え冷えするのは相変わらずだった。

源太郎は家を出たのだ。もはや源太郎は、象二郎が後継ぎになるのを脅かすような存在ではない。それなのに、なぜいまだに源太郎と結実をこれほど蔑《ないがし》ろにするのだろう。源太郎と象二郎は母違いとはいえ、たったふたりのきょうだいだ。結実と章太郎のようなものだ。これから助け合うことだってできるはずなのに。

世の中にはどうしようもないことがあると、玄哲の家に行くたびに、結実は思わされる。

無理にがんばっても空回りするだけで、割り切ったほうがいいこともあるのだろう。人は人を変えられない。

結実は空を見上げた。いくつもの凧があがっていた。結実は源太郎の袖をつかんだ。

「凧あげしたくない？」

源太郎は結実の顔を驚いたようにのぞきこんだ。

「凧あげ？　今？」

「うん。今」

「おれ、十年はやってないぞ」

「大丈夫よ、源ちゃん、上手だもの」

ふたりは浅草の出店で「龍」の字が書かれた凧を買い、大川端に向かった。

子どもたちだけでなく、大人も凧あげに興じていた。凧糸を絡ませて戦う糸切り合戦に歓声をあげている者もいる。

「ふたりで一緒にあげようぜ。結実も走るんだ」

「私も？　走るの？」

子どもの時、源太郎は凧と糸のつなぎ目を右手に、左手に糸巻を持って、ひとり風に向かって走って凧をあげ、その糸巻を渡してくれた。

「凧はふたりで走ったほうがよくあがるんだ。結実は凧を持つ、おれは糸巻を持つ。おれが走れと言ったら、一緒に走る。いいな」

「できるかしら」

「できるさ」

両手を上に掲げて、凧を水平に持って支えながら走るようにと、源太郎は言った。

「おれが放せといったら、凧を少し上へ押し上げるような感じでそっと手を放すんだ」

凧あげ役の源太郎は、糸巻を持ち、三間（約五・四メートル）ほど離れて立った。

「走れ！」

走った。言われるままに凧を放した。だが、何度かやっても凧は地に落ちてしまう。この正月で二十五になった女が凧を両手で掲げて土手を走り回り、肩で息をしているなんて見苦しい気もしたが、源太郎は「もう一回！」を繰り返す。

凧あげをしたいと言いだしたのは、結実である。もういいわとは言いにくい。

「姐さん、がんばれ」

「次はあがるよ」

見物人からも声援が出る始末で、こうなったら是が非でも凧をあげなくては格好がつかない。また走り出したそのとき、ついに凧がふわりと風に乗った。

薄水色の曇り空に、龍の字がどんどんあがっていく。

糸を伸ばしながら走っていた源太郎の足が止まった。

「姐さん、よかったな」

「あがってるよ。風をもらったな」

見物人たちからも歓声があがった。結実は源太郎に駆け寄った。源太郎は糸を引いたりゆるめたりしながら、凧に風をあてている。

「結実、代わるか」

「うん……ううん。源ちゃんと一緒に持ちたい」

源太郎は糸巻を結実に渡し、その結実の手に自分の手を重ねた。

糸がたるみそうになると、「走るぞ」と源太郎が叫び、ふたりでまた走った。

ずっと凧が舞う空を見ていた。

なんだかとても楽しくて、世の中がどうのこうのとか、子どもがほしいとか、実家がどうだとかいうことを、結実はすっかり忘れていた。

凧あげを終えると、ふたりは遠回りして、笠間稲荷神社、小網神社、末廣神社、椙《すぎの》森《もり》神社、松島神社、茶ノ木神社、濱田恵比寿神社をめぐった。ふたりで町を歩くのが嬉しくて、帰るのが惜しかった。湊橋、霊岸橋を渡り、亀島町河岸通りに足を向けた。

ここでも凧をあげている人がいた。

「源太郎先生。おめでとうございます」

「結実ちゃん。いい年になるといいね」

八丁堀に入ると知り合いばかりで、あちこちから声がかかる。ふたり手をつないで歩くこともできない。

りんと善一を連れたふさもいた。

ふさは結実に駆け寄ると、にっこり笑った。

「おふたり、お似合いだこと。一緒に出歩くのをはじめて見たよ。あれ、凧あげしたんですか」

「そうなんです。楽しかった」

「子どもに返るのもいいもんですね。たまには結実を連れ出して歩こうと思いましたよ、な」

ぬけぬけと源太郎がいったのが結実は嬉しくて、頰がぽっと熱くなった。

そしてふたりはほぼ同時にしゃがみこんだ。

「おりんちゃん、善一ちゃん、あけましておめでとう」

りんの手をとって結実が言えば、源太郎が凧を持った善一の頭をなでた。

「善一も凧あげしてたのか？」

「今、あげてきたんだ」

「あがったか？」

「うん」

「いつもおりんちゃんの面倒をみてあげてるって聞いてるぞ。いいにいちゃんだ」

そのとき結実の肩を、ふさがぽんとたたいた。

「結実さん、源太郎さん、ちょっとだけうちに寄ってくれない？　ちょっとだけでいいから」

よくわからないまま、ふたりはふさにひっぱられるようにして提灯かけ横丁にある松山に向かった。

店の横にあるくぐり戸を通って中に入った。暗い店をつっきり、奥の住まいの戸を開けると、善一が草履《ぞうり》を脱ぎ散らして、走って中に入って行った。

そのときだ。りんが動いた。

善一が脱ぎ捨てた草履をりんが揃え、つま先を外、かかとを家の中に向けておいたのだ。

「えっ？」

結実と源太郎が顔を見合わせる。振り向くとふさがうなずいた。

「結実さんと源太郎さんも上がって。下駄を脱ぎっぱなしにしてみて」

ハの字に脱いだ結実の下駄を、りんがきちんと揃えた。片方がひっくり返った源太郎の雪駄《せった》もつま先を外に向けてそろえる。

「おりんちゃん、すごい」

結実はりんの手をとった。りんははにかんだように笑った。

ふさの姿を見ていたからなのか、ひと月ほど前から、りんが履物を揃えるようになったという。

「やってもらうとすごく助かるよとほめたら、おりんが進んでやってくれるようになって」

今ではお客が来るのを待ち構えて、りんが履物を揃える。

「この子にもできることがあったんだよ。ほめられれば、がんばろうともする。何もわからないいんじゃないいんだ。気持ちがあるんだ。私、それが嬉しくって」

ふさがくすんと洟をすする。

そのときだった。善一がまた戻ってきた。

「おりん、竹馬やろう」

「あい」

りんがそろえてくれた草履をつっかけ、善一が庭に出ていく。りんもそのあとを追った。

「もらった竹馬、毎日、使わしてもらってるよ」

下駄に棒をつけたような支えがしっかりした例の竹馬である。結実は下駄を、源太郎は雪駄をはいて、ふさとともに庭を眺めた。

善一は高い竹馬を器用にあやつり、走ったり飛び跳ねたりしている。

りんは竹馬に足をのせ、しっかりと棒を握っている。

「まだ乗ってじっとしているだけだけど、善一とふたりでやっている気になるみたいで」

そのとき、善一がりんに声をかけた。

「うまいぞ、おりん。棒を持ちながらその足をあげてみろ」

善一がりんにいった。りんは右足をほんの少し動かした。

「そうだ、その調子だ。おりんはできる子だ」

りんが声をあげて笑った。

「善一は、いつかおりんが竹馬をできるようになるって、いうんだ。私も、いつかそんな日が来るような気がしてきて……」

ふさは目に涙をためて、いった。

四

翌二日の朝、すずと栄吉が龍太とセイを連れてあいさつに来た。

大地堂も結実もこの日までが休みで、のんびりしている。

栄吉は大地堂で正徹との話を終えると、別宅で源太郎と向き合った。栄吉はかつて、子どもを助けようと炎に包まれた家に飛び込み、首の後ろと脛《すね》に大やけどをおった。そのとき、治療をしたのが源太郎で、以来、ふたりは気の置けないつきあいを続けている。

話はすぐに龍馬のことになった。

「亡くなったって気がしねえんだ。今もどこかで生きていて、笑っているような気がして」

「そういう人だったもんな」

うなずいた源太郎に、龍太が飛びついてきた。源太郎はなぜか子どもに好かれ、龍太も源太郎によくなついている。

「あれ、誰の？」

龍太は部屋の隅においていた「龍」と書かれた凧を指さした。

「龍太の龍だわね」

源太郎と目をあわせた結実がうなずく。源太郎は凧を取ってくると、龍太に手渡した。

「これ、龍太にやるよ。龍の凧だからな。龍太にぴったりだ。おとっつぁんにあげ方を教えてもらいな」

凧を胸に抱いた龍太が、凧あげに行こうと栄吉の手をひいた。

「よし、久しぶりに凧をあげるか。どうしたんだ、この凧」

栄吉が立ち上がる。

「あげたんだよ。おれと結実で。よくあがるぞ、この凧は」

源太郎がいうと、栄吉の眉があがった。おもしろいものを見つけたような表情だ。

「ふたりで？　そいつぁ、春から縁起がいいや。夫婦円満が何よりだ」

「そっちこそ。は組の纏《まとい》持ちは町では肩で風を切っているが、女房には頭があがらねえって聞いてるぜ」

「そっくりそのまま、その言葉を源太郎さんにお返しするよ」

栄吉たちが帰ってからも、大地堂には、ひっきりなしに挨拶の人が訪れた。

昼過ぎになって、意外な人が結実を訪ねてきた。

くらだった。くらは正月だというのに木綿の着物を着て、髪は無造作に櫛巻きにして、やはり普段着姿のはまを伴っていた。

男たちが酒盛りをしている座敷では、くらも気づまりだろうと、結実は別宅にふたりを案内した。絹がすかさずお盆にお節料理を載せてもってくる。

「ごゆっくりなさってね」

絹が本宅に戻っていくと、くらはこたつに入り、横座りになった。

「結実ちゃんの家はにぎやかでいいね」

「改めまして、今年もどうぞよろしく」

「こちらこそ」

「おなかはどう？」

「どうもこうも。少しふっくらしてきた気はするけど、長屋の人たちも私が孕《はら》んでいるとはわかってないみたい」

くらはおいしいおいしいと繰り返しながら、雑煮を平らげ、黒豆を食べ、昆布巻きに箸を伸ばした。

はまは、結実が火鉢で焼いた磯辺餅をゆっくり味わっている。

くらの思い人の春吉は、元日に長屋に戻ってきたものの、今は歩兵の屯所を離れられないとすぐに帰っていったという。

「公方様をお守りするために大坂に行かされた歩兵も多いんだって。あ、もう公方さまじゃないのかな……」

「まさか春吉さんも？」

「なるべく行かずにすむようにするって言ってたけど」

「そうなる前に辞められないの？」

「私もそう言ったの。でも……あの人ったら、今更そんなことできないって」

「子どもができたのに……」

「今までただ飯を食わせてもらったことになっちまうって」

「代々俸禄をもらってきたわけじゃなし。そこまで義理堅く思わなくても……」

「……まっすぐな人なのよ」

くらは、春吉とのなれそめを話し始めた。

偶然、町で出会い、一緒に居酒屋で飲んだその後の話である。

「私、あのころ、前の男とも別れて、ひとりだったの。……私が寂しいといったら、あの人、家族はいないのかって聞いたの」

――安政の地震でおとっつぁんとにいちゃんが死んじゃった。それから二年しておっかさんも。きょうだいもいない。おとっつぁんもおっかさんも銚子の出だから、江戸に親戚もいないの。

――おっかさんは病で？

――始終、心の臓がばたばたするといっていたのに、小料理屋のお運びをしていたんだ。……ある日、くたびれはてたといって水も飲まずに床について、その明け方、胸をかきむしって苦しみだして、晩には死んじまった。

――それから、ひとりで生きてきたのか？

――うん。十四のときからずっと。

――えらかったたな。がんばってきたんだな。寂しかっただろう。悲しかっただろう。

「春吉さん、そういって、私のことを抱きしめてくれたの。私が放さないでというと、ぎゅっと手に力を込めて。一晩中、ただ抱いてくれた。その次の晩も、次の次の晩も、私を抱きしめて、頭をなでてくれた。こうしていれば寂しくないだろうって。……そんな人、これまで誰もいなかった……」

「春吉さんと早く、所帯を持てればいいのにね」

「……世の中が落ち着いたら一緒になろうって」

「よかった。その言葉を待ってたのよ」

くらはくすっと笑った。

「結実ちゃんたら、自分のことみたいに。……でもいつなんだろう。世の中が落ち着くって」

「……きっともうすぐよ」

わからないとか、時がかかりそうだとか言うことはできなかった。

くらは胸の前で手を合わせた。

「早くその日が来ますように」

それからくらは、結実に向き直った。

「結実ちゃん。実はお願いしたいことがあるの。この子のことなんだけど」

そういってはまを見た。はまはすかさず、両手をついた。

「蕎麦屋で働いてたんだけど、そこの姑がこの間、お伊勢参りから帰ってきて、お払い箱になっちまったの。こんな世の中だから、次の仕事が見つからなくて。女中も、料理屋のお運びも、なんにもないのよ。侍はいなくなっちまったし、小料理屋も居酒屋も閑古鳥が鳴いてるから」

くらは一息つき、結実を見た。

「この子を、住み込みで雇ってもらえない？」

くらに前もって言われていたのだろう。はまは「どうぞよろしくお願いします」と額を畳にこすりつけた。

「漢字の読み書きもできるのよ。字もとってもきれい。そろばんもできるの。気働きだってしっかりしているのよ」

「でも……」

そう簡単にどこの誰ともはっきりしない人を引き受けるわけにはいかなかった。

そのとき、源太郎が部屋に入ってきた。

「紀州のみかんだそうだ」

絹に持っていくように頼まれたのだろう。源太郎はみかんをいれた鉢をこたつの上におき、ひとつとって皮をむき、ひと房、口に放り込む。

「ん。なかなか甘いや。おくらさん、おはまさんもどうぞ。結実もほれ」

ふたりと結実の前に源太郎は一個ずつみかんをおいた。

だがとてもみかんを食べるような雰囲気ではない。

くらからはまを住み込みで雇ってほしいといわれたと結実が打ち明けると、源太郎はくらとはまを交互に見た。

くらは上目遣いに源太郎を見て、つぶやく。

「私が面倒をみてあげられればいいんだけど……仕事はなくなっちまったし、これからおなかは大きくなるばかり。この子、まだ十五なんですよ。どこの口入屋に行っても、仕事がないって……」

「おはまさん、身寄りは？」

「両親は五年前に流行り病で相次いでなくなりました。二歳違いの弟がひとりおりまして、小石川の薬園で園丁の見習いをやっております」

「江戸の生まれかい？」

「……はい。といっても千住《せんじゅ》のほうですが」

「おとっつぁんは何をなさってたんだい？」

「一膳めし屋をやっておりました」

はまはそう答えながら、畳に目を落とした。

「十のときに弟とふたりだけになったのか。苦労しただろう」

「しばらくはおとっつぁんの友だちが面倒をみてくれまして。その方がひょうたんも、小石川の薬園も、紹介くださったんです」

「千住の方に帰るわけにはいかないのか？　父親の友だちを頼るわけには……」

　はまは首をきっぱり横に振った。

「その方にはこれ以上、ご迷惑をおかけするわけにはまいりません。それに先日、越後だったか、故郷に帰ってしまわれました」

　しばしの沈黙の後、ぽんと結実の肩に源太郎が手をおいた。

「とりあえず働いてもらってみたら」

「でも……」

「ここは今、手が足りないし、お産の下働きをしてもらってもいいんじゃないか」

「なんでもやらせていただきます」

　はまはまた頭を深々と下げる。すっと背筋が伸びていた。

「おはまさん……血を見ても平気？　お産には血がつきものだから」

　血を見て大騒ぎするようでは、お産の手伝いはできない。

「がんばります」

「夜のお産についてきてもらうこともあるけど」

「精いっぱいやらせていただきます」

　結実は源太郎を見た。源太郎がうなずくのを見て、くらはほっと頬をほころばせた。

「よかったわねえ、おはまちゃん。ここなら安心して働ける。結実ちゃん、源太郎さん、ありがとう。本当に助かった」

「それをいうのはまだ早いわよ。おくらちゃん。とりあえず、ひと月は様子を見させてもらってていい？　うちの仕事は向き不向きがあるから」

安請け合いはできないと、結実はいいおいた。

くらは安心したように、はまをおいて帰っていった。

はまは小さな風呂敷包みを持っていた。それが持ち物のすべてだという。袷《あわせ》が二枚、ねまきが一枚。あとは肌着の類だけだ。

「火事で焼けてしまいましたから。もともとたいしたものを持っていたわけじゃなかったんです。単衣《ひとえ》が二枚あったくらいで」

蕎麦屋で稼いだ金で、なんとか着替えの袷一枚を柳原《やなぎわら》の古着屋で求めたと苦笑した。

結実が、別宅に造作した三畳の女中部屋に連れて行くと、はまは目を輝かせた。

「いいお部屋ですね。木の匂いがする。……私、がんばります」

はまは手足も、体もほっそりしていて、首など折れそうに細い。こけしを思わせる愛らしい顔には、幼さが残っている。だがしぐさにも言葉遣いにもそつがなく、話をしていると大人を相手にしているような気になる。どことなく、冒しがたい品もあった。

案の定というべきか、はまを雇ったというと、絹は結実の軽率をなじった。

「仕事がないのでこちらの家で働かせてくださいといわれて、雇うことにした？　いくら友だちの知り合いだからって、そんなに簡単に人を引き受けるなんて聞いたこともありませんよ。その友だちだって、何年かぶりに会ったんでしょ。本当に信用できるんですか」

はまの弟が小石川薬園の園丁の下働きをしているというと、章太郎が目を輝かせたが、絹はきつい目で見据えて、黙らせた。

正徹は困った顔で黙りこんだ。それも道理で、氏素性のはっきりしない者を雇い入れる家はない。ましてこのご時勢だ。

「友だちと一緒に働いていた人だろ。信用できないような人を、いくらなんでも紹介はしないだろう。結実がいうように様子を見て決めればいい」

真砂がそういってくれたおかげで、絹はしぶしぶ了承した。やはり、こういうときに頼りになるのは真砂だった。けれど、家族にはまを正式に紹介し終えた時には、結実はへとへとだった。

別宅の寝間に入ると、結実は源太郎につんと顎をあげた。

「源ちゃんが働いてもらったらなんていうから大事になっちゃって」

「だって気の毒じゃないか」

「気の毒な人なんて、今時、いっぱいいるのに」

「それに働き者のようだぜ。若くても、受け答えもしっかりしている。親にきちんとしつけられなけりゃ、そうはならねぇだろ」

「かわいい子にはやさしいんだよね」

八つ当たり気味に口にすると、源太郎はあっさりうなずいた。

「ああ。そうだよ。それは認める」

「もう知らない」

背中を向けた結実を、源太郎が後ろから抱きしめた。

「いちばんかわいい子はここにいる」

そうつぶやいて、源太郎は結実の首筋に唇をあてた。

五

翌三日、はまは誰も命じていないのに、早朝、本宅に行き、女中のウメが朝餉を作る手伝いをした。門の前を掃き、廊下を雑巾がけするなど、自分から仕事を見つけて黙々と働く。

二日ばかりの正月休みを終えたすずとタケが通ってくると、はまは見よう見まねでタケの手伝いをし、タケの手が足りていると思えば本宅に行き、ウメの手伝い、庭の掃除までやってのける。

すれたようなところもなく、無駄口もたたかない。やりとりも丁寧で、人の気持ちをざわつかせない。結実とすずが真砂を先生と呼ぶのを聞くと、はまも先生と呼び、真砂の按摩もかってでた。

岩倉町《いわくらちょう》の足袋《たび》屋「福竹《ふくたけ》」の女房・初《はつ》が産気づいたと、下男が走ってきたのは、五日の夜四ツ半（午後十一時）のことだった。

岩倉町は楓川の入堀跡に立てられた町だ。

結実ははまを連れていくことにした。

「おはまちゃん、起きて、お産が始まった」

女中部屋に声をかけると、はまはすぐさま着替えて出てきた。すっかり寝ていたらしく、とろんとしていたが、持参する風呂敷の中を言われた通りに点検し、出かけるころにはぱっちり目が開いた。

「おはまちゃんの分の上っ張りと前掛けも中に入れて」

「私の、ですか？」

「産婆の手伝い人だから」

下男が照らす提灯《ちょうちん》を頼りに新場橋を渡る。楓川は提灯の炎をきりきりと反射した。川面を渡る風が肌をさすようだ。

木戸番に「産婆です」と伝え、町から町へと移動する。こんな夜中に人気のない町を歩くのははじめてなのだろう。はまは顔が白っぽくなるほど緊張していた。

福竹に着くと、結実は姉さんかぶりで髪を押さえ、洗い立ての白い上っ張りと前掛けを身に着けた。はまも同じ格好になり、結実に言われるまま産室に油紙《あぶらがみ》を敷き詰め、天井から綱をはった。

「お産を見るのははじめてだったよね」

はまがこわばった表情で「はい」といった。

「何が起きても落ち着いて。この世にいる人はみんな、こうして生まれてくるのだから」

はまは唇をひきしめ、ゆっくりうなずいた。

初にとって、三人目の子だった。

長女のきわは五歳になる。二人目の男の子・千太郎《せんたろう》は生きていれば三歳になったはずだ。だが千太郎は昨年、流行病で亡くなった。

つつがなくお産は進み、やがて陣痛の間隔が狭まってきた。

「体を揉むの上手ね」

初が、腰を揉んでいたはまにいった。

「ありがとうございます。親が生きていた時、よく腰を揉まされて。ほかに苦しいところがあればおっしゃってください」

「このまま腰を強く押して。もっと強く。……ああ、それがいい」

部屋には火鉢があるだけなのに、はまの額に汗がにじむ。一心不乱に初の腰を押し続けた。

だが明け方になっても、赤ん坊が下りて来ない。やがて初は獣のような唸り声をあげはじめた。腰を押さえようとしたはまの手をふりほどき、畳をばんばんと音を立てて叩いて、「痛い痛い」と叫ぶ。

結実ははまにおなかをゆすって、赤子を起こすようにいった。はまの目が飛び出さんばかりに見開かれた。

「おなかの中の赤子が寝てるんですか。こんなときに……」

「赤子も早く生まれなくちゃって、ずっとがんばって疲れてしまうことがあるのよ」

「赤ん坊にも生まれなくちゃって気持ちがあるんですか……」

「赤子は時が来ると自分で子袋から産道に頭から入り、ゆっくりまわりながら下りてくるの。誰が教えたわけでもないのに。狭いところを下りてくるのは苦しくて大変なのに」

「……そうなんですか」

「赤子も必死なの。でも疲れすぎれば、ついうとうとしてしまうこともある。けど、休んだままにはできない。命がかかっているから。のんきに眠っている場合じゃない、今ががんばりどきだって起こしてやらないと」

はまはうなずくと、初のおなかをさすりながら、「赤ちゃん、起きて。もう外に出るときですよ。赤ちゃん、起きて。おっかさんもがんばってるよ」と大きな声をかけはじめた。

初の裾《すそ》を指で確かめた結実は眉をしかめた。柔らかくなってはいるが、まだ十分に開いていない。初はすっかり疲れ切っている。

裾が開くのを助けようと、結実が指で広げた途端、初は体をよじり、大声をあげた。おなかをさすっていたはまがふっとばされ、床にたたきつけられる。

「い、痛ーい。な、何をしたのさ」

初の目に涙が浮かんでいる。

「あと少しよ。これで裾の準備が整うから」

部屋の隅まで転がってしまったはまが這いながらあわてて戻ってくる。

「おはまちゃん、怪我してない？」

「はい。大丈夫です」

青い顔をしながら、はまはけなげに答えた。

「今度はお初さんの体を後ろにまわって支えて」

はまは、産綱を握って座る初の背を抱くようにした。はまは落ち着いて結実の指示通りに動いている。

ようやくその時が来て、赤ん坊の頭が下りて来た。結実は初の耳元でささやく。

「次に波が来たら声を出さずに口を閉じていきんでね！」

「わかった」

だが言葉とは裏腹に、初は陣痛が強くなると「痛い」「もう無理」「あ〜っ」など声を出してしまう。

「声を出したら力が入らないよ！」

結実はもう一度いった。初が泣きそうな顔で苦笑いした。

「やろうとしてるんだよ。これでも」

頭が見えたのは、すぐ次の陣痛の後だった。

だが裾が切れかけ、血がにじみだした。

「おはまちゃん、代わりの晒し木綿をだして」

血を晒し木綿で押さえつつ、結実ははまに言った。

その瞬間、ぬるっと赤子が出てきた。

結実の両手がその体をそっと受け止める。裾から出た血で赤子は真っ赤に染まっていた。その瞬間、思いがけぬほど大きな赤子の泣き声が響いた。

「おめでとうございます。かわいい男の子ですよ」

結実は初に言った。初がほっとしたような顔でつぶやく。

「元気？」

「元気いっぱいですよ」

まるで獣のようにのたうち回っていたのが嘘のように、初は柔らかな表情になっている。

結実は、はまに耳打ちした。

「切れたところを血が止まるまで押さえておいて」

「はい」

はまは結実がそうしていたように晒し木綿を押しつける。

結実は赤子の体を沐浴用の柔らかな布でくるんで、用意していた桶に向かった。

手で赤子の首とお尻を支えて、足からそっとお湯の中に入れる。耳にお湯が入らないように、首を支えている手の指でそっと耳をふさいで、目元と顔を洗い、掌を使って頭を軽くくるくると洗う。

首、腕、わき、おなか、掌、もものつけ根やくびれのしわの部分、股間もやさしく洗い、上がり湯を使い、体を拭《ふ》いて、おむつをつけ、産着を着せた。

「結実さん、血が止まったみたいです」

結実はおくるみでくるんだ赤ん坊を抱いたまま裾を確かめると、うなずいた。

それから畳んだ布団に体をもたせかけている初に、赤ん坊を抱かせた。

「かわいい。……千ちゃんと目元が似てる」

初がとろけそうな目で赤ん坊を見つめる。その目からほろりと涙がこぼれた。涙を指で拭き、初は結実とはまに「大騒ぎして堪忍ね」と言った。それからはまを見た。

「この人は？　もしかして見習い？」

「はまと申します」

はまが手をつく。結実が言い添える。

「お正月からうちに来て、お初さんのお産が最初の付き添いなの」

「とんでもないところを見せちまったね。蹴っ飛ばしちまって……痛かっただろう。怪我しなかったかい？」

「……大丈夫です」

「恥ずかしいよ」

「そんな……」

「お初さん、何も恥ずかしいことなんてありませんよ。我慢できるものなら我慢しているはずだもの。それができないくらい痛いのがお産なんだから」

結実はいたわるように初にいった。

後産《あとざん》を終えると、亭主や舅《しゅうと》姑《しゅうとめ》が産室に入ってきて、歓喜の声をあげた。

笑顔でかわるがわる赤ん坊を抱き、しきりにかわいいとつぶやく。

「おはまちゃん、この子を抱いてやってくれる？」

初が、油紙や綱をしまっていたはまにいった。

「え、よろしいんですか」

初がうなずく。

「あんたの初仕事だろ。抱いてやっておくれよ」

「生まれたてで首がぐらぐらしているから、腕で支えてあげてね」

はまは結実にうなずき、震える手で赤ん坊を抱いた。こぼれんばかりに目を見開き、赤ん坊を見つめる。

「かわいい……。鼻も耳も手も小さくて、ほんとにきれい」

はまは涙声だ。初は結実を見てうなずいた。結実はありがとうと声にださずに初にいう。

と、はまが驚いたようにつぶやいた。

「この子、口を動かしてますよ。ちゅくちゅくって」

「おなか、すいてるのかな」

結実が赤ん坊の顔をのぞきこんだ。

「生まれてすぐにお腹がすくんですか?」

「赤子もがんばったから。おなかもすくわよね」

結実が笑う。

初は乳房をだした。結実がさしだした濡れた手巾《しゅきん》で乳首をふき、抱いていた赤子を引き寄せる。赤子が乳首を探し、吸い付いた。

「上手だこと。……お初さんのおっぱいも出てるみたい」

「千ちゃんがほぐしてくれたから……この子は決してとられないようにします。千ちゃんもきっと守ってくれる」

初が用意した産衣には折鶴の背守りが縫い付けられているうえに、袖には赤い布がつけてあった。おくるみにも鈴がついている。背守りも赤い布も鈴も魔除けであった。

六

すっかり日は高くなっていた。まもなくお昼だった。荷物を持つ下男の前を、結実ははまと並んで歩いた。

「赤ん坊を産むって、おっかさんも赤ん坊も命がけなんですね」

はまは感極まったようにつぶやいた。

「すさまじいでしょ。びっくりしたんじゃない?」

「……はい」

「お初さん、すごい力だったでしょ。吹っ飛ばされて、打ち身になってない?」

「このくらい何でもありません。……私もこうして生まれてきたんですね」

「みんなね」

はまは右ひじの青あざをさすりながらつぶやく。

「私の故郷では、お産の時に女は声をあげるものではないといわれていました。ですから、あんなにたいへんなものだとは……」

「おはまちゃんは千住の出だったか。千住に限らず、お産の時に声を出さないことこそ女の慎みとかいわれているよね。でも、真砂先生はそんな我慢はしなくていいという考えで、私もそう思ってる。だからこの辺のおかみさんは思い切り痛いというし、のたうちまわって暴れることもある、痛いものは痛いから」

はまはうなずき、黙り込んだ。

しばらくして、はまが足を止めたかと思うと、しゃがんで身をのりだし、楓川の土手に生えていた草を二本、手折った。

「これが並んで生えてるなんて……」

目を輝かせてはまはその草を見つめ、へら形の葉をした一本を結実の前にさしだした。柔らかそうな緑の葉に白い毛が密集している。

「ゴギョウよね。……これがどうしたの？」

ゴギョウは春の七草のひとつで七草の日におかゆに入れる、食べられる草だ。お茶は咳止めになるともいわれる。

「ゴギョウにはもうひとつ名前があるんです。……母子草《ははこぐさ》」

「白い綿毛のようなものにおおわれている姿が、母親が我が子を包み込んでいるみたいだから。そしてこっちは父子草《ちちこぐさ》」

「母子草？」

もう一本の草をさしだし、葉を裏返した。葉裏が白い。

「こちらは葉の裏にだけ綿毛がついてるんですよ」

母子草の花は鮮やかな黄色だが、父子草は茶色くて地味な花だと、はまは続けた。

「父子草は質実剛健、頼りになって、でも心の中は優しい父親って気がしますよね」

そういわれると、そんな風に見えないでもない。

両親を早くに失ったはまは弟を抱え、生き抜いてきた。多くの人がただの雑草と見過ごしてしまいそうな草にも励まされてきたのだろうか。

それからはまは思い切ったように顔をあげた。出てきたのは意外な言葉だった。

「……私、謝らなくてはなりません」

「謝るって何を？」

「お話しした私の身の上は……ほぼ作り事なんです。申し訳ありません」

「えっ、千住の一膳めし屋の娘じゃ……」

四角四面といっていいほどまじめに見えたはまが作り事を口にするなど、今の今まで結実は想像もしていなかった。

「私の父親は水戸藩の武家の用人でございました。……これを隠していたのには理由《わけ》がございます。もし、私が水戸の出だと水戸の侍に知られたら、たとえ江戸であっても殺されかねなかったものですから」

殺されるとは穏やかではない。

だが、はまの話を聞いているうちに、大げさでも何でもないことがわかってきた。

主は水戸家の勘定方《かんじょうがた》の能吏《のうり》で、奥方は優しく、大奥様ははまと弟を自分の孫と同じようにかわいがってくれたという。用人だった父と母は仲睦まじく、母も女中としてその家に仕えていた。

大奥様は隠居所で、はまたちきょうだいに字を教え、昔話をしてくれ、はまが本好きだと知ると、自分の本を惜しげなく貸してもくれた。

「身分の差はありましたが、まるで大きな家族のようでした」

その穏やかな暮らしが壊れたのは、尊王攘夷を掲げた天狗党《てんぐとう》の挙兵だった。

主が天狗党の乱の挙兵に応じて出征したのだ。はまの父親も用人としてつき従った。

主は戦死し、やがて父親はその骨を持ち、戻ってきた。

それは悲劇の始まりに過ぎなかった。

天狗党が降伏すると、水戸は地獄に変わった。

水戸藩は、天狗党の家族らを幼子にいたるまでことごとく処刑すると決めたからである。それも、深く掘られた穴の前で無抵抗の女子《おなご》や子どもの首を次々に落とし、遺体を穴に放り込むというような苛烈なやり方だった。

戦闘に参加しなかった尊王攘夷派も逃れることはできず、みな自刃や獄死に追い込まれた。

やがて奉公していた家にも捕縛の者がやってきた。年老いた大奥様、若く美しい御新造様、幼い三人の子どもにまで荒縄がかけられた。

縄を強くひっぱられ、三歳の末子と、大奥様が門を出る前につまずいて倒れた。それでも捕縛の者は縄をひく手をゆるめない。引きずられていくふたりを助け起こそうと、はまの両親は、思わず、駆け寄った。

「その瞬間、父と母は、私と弟の目の前で斬り棄てられました」

両親にすがりつこうとしたはまと弟を抱きとめてくれた若い用人がいなければ、はまたちも斬られていただろう。一年前のことだという。

はまと幼い弟を江戸に連れてきてくれたのは、その用人だった。

――おまえたちの父親は主について天狗党の乱に関わった。隠し通すことはできまい。いずれそのことがあきらかになれば、おまえたちも捕えられ、殺される。水戸を離れよう。ここに明日はない。おまえたちの父親は、わしにとって、兄のような人だった。言葉にできぬほど世話になった。一緒に江戸に行こう。それを父上はきっと望んでおられる。

街道を歩いていては捕縛される恐れがあると、山道やけもの道を通り、野宿を重ね、農家で食べ物を分けてもらい、やっとのことで三人は江戸にたどり着いた。

その男はわずかな知り合いを頼り、弟には小石川薬園の園丁の下働き、はまにはひようたんという働き口をみつけてもくれた。

「みんな殺されました。隣の家のご一家も、お向かいのご一家も……」

「このことをおくらさんは？」

「身の上を打ち明けたのは、結実さんが初めてです。万が一のことを考え、ずっと身をひそめて生きてきました。ですが」

はまは懐から一枚の紙きれを取り出した。

「先日、弟から文が参りました。大政奉還に続き、勅令『王政復古の大号令』が発せられたことで、水戸ではすべてがひっくり返ったのだそうです。生き残った天狗党が水戸藩庁を掌握し、今度は、粛清を行った者とその家族を次々に処刑しているそうです。これまでの恨みを晴らすように、同じように無慈悲に」

「まあ……」

天狗党のことは結実も聞いたことがあった。

だが、これほどむごいことが続いていたとは知らなかった。

言葉が見つからない結実に、はまはどこかあきらめたような表情でうなずいた。

「血で血を洗う殺し合いの果てに、水戸から侍とその家族はすっかりいなくなりましょう。なぜ私が生かされたのか、いっそ親と一緒に死んだほうがよかったのではないかと運命を呪ったこともありました。ですが、……あんな思いをして母親が産んでくれたと思うと、拾うことができたこの命、何があっても大切にしていかなければならぬと思わされました」

そういうなり、はまは両手で顔をおおって、嗚咽《おえつ》をもらした。

その晩、はまは本当の身の上をみなに語った。

「苦難を乗り越えてきなさったのね。よくぞ生き残ってくれました」

絹は涙ながらにいう。話を聞いた絹は、すっかりはまのために一肌脱がなくてはという気になっている。

「死ななくてもいい人が大勢死んだとは。時代の変わり目にはいたましいことが起こるものだ。おはまさん、辛い思いをなさったね。おとっつぁんやおっかさんの分までしっかり生きなきゃね。これからは安心してお暮らしよ」

早くに父を亡くし、苦労を重ねた真砂はしみじみといった。

はまは一輪挿しに母子草と父子草を活け、部屋に飾ったようだった。


源太郎はその夜もこたつで、本を読んでいた。広げているのは医学所で使う本を書写したものである。

「難しい顔してるね、源ちゃん」

「難しいからな」

「蘭語？」

「それはほぼあきらめた」

「そんなことでいいの？」

源太郎はぱたりと本を閉じると、こたつにつっこんでいた結実の足をちょいちょいと突っついた。結実が即座に突っつき返す。

「医学所にも不穏な話が流れているんだよ」

「まさか閉鎖されるとか?」

医学所は旧幕府直轄であるため、いつまで存続するかもわからないとは以前から囁《ささや》かれていた。

「そういう噂もないことはないが、それよりもし朝廷の世になったら、西洋医学自体が危ないだろうというんだ。朝廷では西洋の文物を排しているそうだ。だから、西洋医学は採用されないかもしれないいんだとさ」

「今さらそんな……病や怪我を治すのに、本草も西洋もないわよ」

「結実のいう通り。だがどうなるかはなってみないとわからん」

また源太郎が足で結実を突っつく。二十八にもなってこんな子どもっぽいことをやってと思わぬこともないが、源太郎はすました顔をしている。

「他にもあるの?」

「蘭語のオランダは世界ではもはや昔日の勢いはなくなっているそうだ。これからはエゲレス語だという者が増えている」

「源ちゃん、すごく苦労しているのにね……だったらいっそ、エゲレス語に乗り換えちゃったら？　蘭語がたいしてできるわけじゃないんでしょ」

「そうあっさり言ってくれるな。確かに未練を感じるほどはやってないから、それもいいかもしれんが」

源太郎が苦笑し、静かに続ける。

「水戸藩は大変だな。実は水戸から来ている者から、おはまちゃんがいったようなことをちらっと聞いていた。だが、あれほどおぞましい話だったとは。……考え方の違いで隣人をも容赦なく皆殺しにし、その憎しみがやがて今度は刃《やいば》をふるったものに向けられる。血で血を洗う争いだ。残るのは屍《しかばね》だけだろうに」

「拾った命って、おはまちゃんが言ってた……」

「何があっても、生き抜いていかねばな。あきらめずに生きていれば、きっといいことがある」

その横顔を見ながら、源太郎も、絶望したことがあったのだと結実は思った。母を失い、父は新しい母と弟にとられ、源太郎は何年も居場所のない実家で耐えるしかなかった。源太郎もまた行き場のない辛い時期を乗り越えてきたのだ。

静かな夜は更けていく。

結実は源太郎の顔を見つめながら、好きだと思える人とこうしていられることだけでも、本当に幸せなことではないかと思った。

初の子は捨丸《すてまる》と名付けられた。「御守り名」である。悪魔や鬼神に赤子が魅入られないように、初はわざと何物にも顧みられないような名前をつけたのである。

「捨ちゃん、捨ちゃん」

初は嬉しそうに呼びかけている。

すずの往診にもはまを何度か同行させた。

「あの子、結実ちゃんのいう通り、見どころがありそうよ。一回言ったことは忘れないし、何よりやる気がある」

人を見る目の厳しいすずが、そういってくれたのが心強かった。

そんなある日、はまは決意したような顔で結実に話があると切り出した。

すずとタケが帰宅して、夕飯までぽっかりあいた時間だった。

茶の間でこたつに入っていた結実に、はまは三つ指をついて頭を下げた。

「もしできましたら、私を仕込んでもらえませんか。お産婆さんになりたいんです」

結実は自分でも意外なほど、驚きを感じなかった。近いうちに、はまがこういいだすのではないかと感じていたのかもしれない。

「私、人がたくさん、無残に殺されるのをこの目で見てきました。生きる意味がわからなくなったこともありました。でも、一生懸命、子どもを産もうとする母親の姿を見てはっとさせられました。生まれてきた以上、生きていかなければならないって。命がけで産んでもらったんだから、自分も必死にこの世に出てきたんだから、この命を粗末にしてはならないって。私、子どもを産む女の人の助けになりたいんです」

はまは結実を見つめる。

「その気持ちは嬉しいけど、産婆はいいことだけの仕事じゃないのよ。順調なお産ばかりじゃない。母親が亡くなることもあれば、子どもが死ぬこともある。その両方ということだって。なんとか生まれても、さわりが残ることもある。……辛いこともたくさんあるの」

かつて真砂が結実に言ったのと同じ言葉だと、頭の隅で思った。

はまは目を落とさなかった。

「一生懸命学んで、いつか、結実さんやおすずさんのような、頼りにされるお産婆さんになります。私、がんばります。だから、どうぞ、ここにずっとおいてください。教えてください。お願いします」

やがて結実ははまの手をとった。

「厳しいことを言ったりもするだろうけど、しっかりついてきてくれる?」

「はい」

これまで聞いたことのないような明るい声ではまはこたえた。

「私も一本立ちしたてほやほやの産婆。一緒にがんばっていきましょう」

結実がにっこり笑うと、はまの目から大粒の涙がこぼれた。

第五章

凧あがれ

はまを産婆見習いとして育てていきたいと結実が伝えると、すずは口元を引き締めてうなずいた。

「あの子はいいと思う。いつでも真剣だもの。めげずにがんばれるか、そこが勝負だけど」

すずのいう通りだ。やる気だけで、産婆になれるものではない。

生死がかかる責任におしつぶされそうになることもある。

好きになった相手が産婆をやめてくれということだってある。所帯を持ったり、子どもが生まれたりすれば、すずがそうであるように立ち止まらざるをえないことも起きる。

「いずれ、私の右腕になってもらえればいいなと思って」

「とすると……私は？」

「おはまちゃんを往診に連れて行って、仕事を教えてもらえる？」

「わかった」

「前にふたりで働き方を話したときから、話が進まなくておすずちゃんには待ってもらうばっかりですまなかったけれど、おはまちゃんが見習いに入ってくれれば少しめどがたつんじゃないかな。おはまちゃんがある程度のことを覚えるまではかえって大変かもしれないけど」

「……合点よ」

最後は明るい声をだしたが、どこかすずの表情がすぐれないようなのが結実は気になった。

真砂にもはまの決意を伝えると、そうかいとうなずいた。

「教えることで得ることもある。おまえにとってもいいことだ」

真砂はそういって、まぶしそうに結実を見つめた。

穣之進がやってきたのはその翌日、十一日のことだった。

「一月三日に京の鳥羽伏見《とばふしみ》というところで、徳川と薩長がぶつかったらしい」

大坂と江戸を早飛脚は最短三日でつないでいるが、その情報が人から人に伝わり、穣之進のところまでくるのに、また数日かかる。すでにその日から八日がたっていた。ちょうど昼餉の時分で、茶の間には正徹と源太郎と絹、真砂と結実、章太郎、すず、はま、ウメ、長助、五助までも揃っていた。

「徳川は一万五千、向こうは五千に過ぎず、兵の数では徳川が圧倒している。歩兵隊などの装備も最新式だ。まず徳川方の勝利だろう」

興奮した声で穣之進はいい、他にも知らせねばならないといって、お茶を飲み干すと出て行った。

徳川びいきの絹はこれまでのうっ憤を晴らさんばかりの上機嫌になり、その日の夕餉には鯛を奮発する始末だった。

だが、翌十二日になって、公方様御一行が西の丸御殿に入ったという噂が聞こえ、江戸中がざわついた。公方様は、開陽丸《かいようまる》というオランダから買った軍船に乗って大坂から帰ってきたという。

ついに殿様が城に入られたと喜んだ者もいたが、大地堂の面々は納得しきれぬものを感じていた。

絹でさえ、首をかしげ、考え込んでいる。

「戦に勝って、帰っていらしたんですよね」

「まさか負けはしまい」

口とは裏腹に、正徹の口調には張りがない。

「勝ったとしたら、華々しく行列を組んで、京から街道を通って戻っていらっしゃるものではないですか。明け方に、船をおりて、ひと目を避けるように、城に入られた。供の者も少なかったというのが、私、どうにも解せなくて……」

戦に勝ったなら勝ったと、江戸中に触れ回り、大騒ぎになるものではないかと、源太郎もいう。

やがて、真実が明らかになった。

千代田の城はあいかわらずだんまりを続けていたが、幕兵が西から江戸に引き返してきたのだ。

「お上が、逃げた！」

「もはや行き場がない」

着の身着のまま、薩摩などの追撃を退けながら東海道を徒歩で逃げてきた敗残兵は、江戸に戻ると、やりきれない気持ちを発散するかのように、大声でわめいた。

ぼろ雑巾のような姿で敗戦を訴えるさまは、江戸者をぞっとさせた。

その者たちの話から、一時は徳川が敵を撃退していたが、徳川に代わり新たに征討大将軍に任じられた仁和寺宮嘉彰親王《にんなじのみやよしあきしんのう》が「錦の御旗《にしきのみはた》」を掲げると、敵は一気に勢いづき、徳川軍は敗走せざるをえなかったということがわかってきた。

官軍が攻めてきて江戸が火の海になるという噂も広がった。

穣之進がやってきて鳥羽伏見の戦いの詳細を語ったのは、一月も末になってからだった。

「さまざまな裏切りにあったのも、徳川軍の敗因だそうだ。徳川方だった藤堂《とうどう》藩は帝からの勅使に錦の御旗を見せられ、向こうについた。守りの要だった淀《よど》城も寝返り、城門を固く閉ざして、徳川兵を入れてやらなんだ。それを聞いた殿様はこの戦に勝算はないとして、京都守護職で会津藩主の松平容保《まつだいらかたもり》様など、わずかな側近とともに大坂城を出て、開陽丸に乗りこみ、江戸へ逃げ帰ってきたのだそうだ」

「もし逃げずに籠城していたら、形勢は違っていたんじゃないのか？」

穣之進はうむと正徹にうなずく。

「向こうが大坂城を攻めあぐねている間に、関東から徳川の援軍が大挙して攻めたら、確かに形勢は変わっていたかもしれん……だが戦に、もしはない。錦の御旗を前に、慶喜さまは戦いを放棄した。不戦敗という負け戦よ。こうなった以上、遅かれ早かれ、官軍が江戸へ攻め入ってくるだろうといわれている」

「官軍？」

「薩摩と長州は、帝の兵になった。征討大将軍は向こう側で、徳川はもはや賊軍だ」

苦々しく穣之進がいった。戦に大義があるのが官軍で、大義がないとされるのが賊軍だ。

奥の屋台骨である絹が、穣之進の話を聞いて、がっくり落ち込んでしまったため、家がお通夜のような静けさになった。

絹に代わって皆を静かに鼓舞したのは真砂だった。

「何が起きても自分たちができることをやることだ。手を動かすことだ。考えて悩んでも、答えが見つからないことは悩んでもしかたがない。時が来るまで脇にそのまま置いておけばいい」

真砂の父・羽田松太郎《はたまつたろう》は北方の藩に勤める侍だったが、真砂が十歳の冬、藩は断絶となり、松太郎は職と禄を失った。そのうえ、江戸留守居役だった松太郎は配下の仕官のために奔走する中、倒れて帰らぬ人になった。

母と真砂は、一切を捨てて故郷を離れ、江戸に出てきたのだ。母は手習い所を開き暮らしを立て、真砂は産婆になった。

真砂のいうことは本当だと結実は思った。動いていれば、余計なことを考えずにすむ。

はまが毎日、張り切ってきびきび動いている姿にも励まされた。と同時に、くらはどうしただろうと思わぬ日はない。

くらの相手、歩兵の春吉が西にやられたとは言っていなかったことだけが救いだった。

慶喜が江戸城を出て上野の寛永寺《かんえいじ》に蟄居《ちつきよ》したのは、二月十二日のことだった。寛永寺は徳川家康・秀忠・家光の三代に亘って仕えた天海僧正を開祖として建立《こんりゆう》された天台宗の関東総本山である。江戸城の北東である鬼門を封じ、徳川将軍家を守るための祈禱寺でもあった。

寛永寺に慶喜が移ると、抗戦派の幕臣たちが上野に集まりはじめた。その数は日に日に増え、十一日後の二月二十三日には、幕臣たちを中心に慶喜を守り、徳川の名誉と権威を挽回し「義を彰《あきら》かにする」、幕府公認の「彰義隊《しようぎたい》」が結成された。以後、彰義隊は江戸市中取締という役目が与えられた。

隊結成の噂を聞きつけ、旧幕府ゆかりの者や町人、博徒《ばくと》や俠客《きようかく》もが加わり、またたくまに隊員数は千名を超えたといわれる。

一方、東征してきた新政府軍こと官軍も町に目立ちはじめた。彼らはトコトンヤレ節を歌いながら胸をはり、町を闊歩《かっぽ》する。

宮さん宮さんお馬の前に
ヒラヒラするのは何じゃいな
トコトンヤレ、トンヤレナ
あれは朝敵征伐せよとの
錦の御旗じゃ知らないか
トコトンヤレ、トンヤレナ

この歌の「宮さん」は、新政府によって徳川軍征討の最高司令官・東征大総督に任命された有栖川宮熾仁親王《ありすがわのみやたるひとしんのう》で、朝敵は徳川軍と慶喜である。

やがて錦の御旗の切れ端を身に着けた官軍を名乗る輩が町を我が物顔に歩きはじめた。

そんな現実から顔をそむけたいからなのか、どの歌舞伎小屋にも人が押し掛け、大入り満員となっている。両国広小路や浅草の混雑ぶりも相変わらずだ。

だが知らないふりをしていればすませられるというものではない。

これから江戸はどうなるのかという不安が町を覆っているからだろう。つまらない言い争いから町人同士の刃傷沙汰も増えた。

大地堂には運び込まれる怪我人が絶えることなく、源太郎は医学所に通うのもままならなくなった。

すずがこのところ元気がないのも、結実は気になっていた。笑顔が消えている。口数も少ない。何かあったのかと尋ねても、「別に」といって作り笑いをする。食も細くなっているような気がした。

二

人の世とはかかわりなく、季節は巡っていく。

絹の楽しみは季節を取り入れることだ。床の間のしつらえはもとより、一月は水仙、二月は椿や梅、三月には雪柳と、花を絶やさない。

一月には魔除けの黒豆大福、二月には甘酒饅頭と鶯餅、三月の節句にはお赤飯と菱《ひし》餅を用意する。

何があっても日常を守り抜くというのは、絹の信念のようなもので、そのおかげで、結実たちも正気を保てているのかもしれなかった。

くらが訪ねてきたのは三月の節句が終わってまもなくだった。くらの腹はまた大きくなって、帯が腹の上にのりはじめている。

岩田帯もつけているという。

「春吉さんが、戌《いぬ》の日にまいてくれたの。お守りも明神様からもらってきてくれて」

巾着から、「安産祈願」とかかれたお守りをとりだして、くらは結実とはまに見せた。

「よかった。こんなご時世だから、春吉さんはご無事かしらと心配していたの。こっちにいて、赤ん坊が生まれてくることも楽しみになさっているのね」

「おなか、ずいぶん、おおきくなりましたね」

はまが身を乗り出した。

「おはまちゃん、おなか、触ってもいいよ。このごろ中で動くのがわかるの」

くらに促され、はまがおなかに手をのせる。

「すごい……あ、動いた。元気がいいこと。男の子かしら」

「元気がいいから男の子とは限らない。男の子より元気のいい女の子もいるのよ」

結実が笑う。

「そうなんですか。へえ。……どっちかしら、この子は。楽しみですね」

はまはそれから改めて、くらを見た。

「おくらさん、私、今、こちらで産婆見習いをさせてもらっているんです」

「え？　女中仕事じゃなく？」

「……いつか一人前の産婆になれたらと思ってます」

くらがゆっくりうなずく。

「そう。……今日、ここに入ってきた途端、おはまちゃんがちょっと変わった気がしたの。きりっとして見えた。でもお産婆さんになるなんて、大変なんじゃないの？」

「まだ何にもできなくて、足手まといもいいところなんですけど。赤ん坊が生まれる場にいさせてもらうだけで、ありがたくて」

くらの子どもは順調に育っていた。

「心の臓の音もきちんと聞こえる。この調子で、大事にしてあげてくださいね」

診察を終え、身づくろいをし終えたくらは大きなため息をついた。隣の部屋から、セイとさゆりと遊ぶ真砂の声がときおり聞こえてくる。

「子どもだけは上首尾だなんてねぇ……」

くらの口からため息とともに愚痴が漏れ出した。結実がくらの手に手を重ねる。

「何、贅沢なことをいってんの。赤ん坊が元気だっていちばんありがたいことじゃない」

「……あたし、子どもを欲しいなんて一度も思ったことがなかったのに」

春吉がいくら優しくても、ふたりはまだ所帯は構えていない。それなのに子どもが生まれるとなると、順番があべこべで、くらが先行きを不安に思う気持ちもわからないではない。

だが戦は終わった。旧幕府直轄の歩兵隊にとっては負け戦ではあるが、もともと春吉は武州の百姓の三男だ。譜代の家来と違い、徳川家に対する義理もない。さっさと屯舎《とんしゃ》をあとにして、くらと住み始めればいいだけの話だ。

にもかかわらず、なぜくらはこんな投げやりな言いかたをするのだろう。戻ってきた春吉が新たに仕事を探すのは大変かもしれないが、ふたりで所帯を持ち、力をあわせてがんばればなんとかなるのではないか。

すずとはまが往診にいくのを見送り、結実とふたりになると、くらは改まった表情になった。笑みが消え、顔に陰がさした。

「結実ちゃん。……春吉さんが行ってしまったの」

「行ったって、どこに？」

結実の声が思わずとんがった。

「まさか、おくらちゃんをおいて、田舎に帰ったの？」

「違うの。春吉さん、東征軍と戦いにいったの」

その言葉を受け入れるまで、少しだけ時が必要だった。

「東征軍と戦うって、どうして？　鳥羽伏見で徳川は負けて、殿様は向こうからいわれるままに上野の山でおとなしくしているのよ。大将が戦いをやめたのに、なんで春吉さんが戦いに行くのよ」

「命令が出たから、行かなくちゃならないって」

「……なんで、命令って誰がそんなこと」

結実は首を横に振る。

「難しいことは私にはわからない。……行かないでって、私、春吉さんに言ったの。私のそばにいてって、何度も頼んだの。なのに。春吉さんったら、すまない、子どものことは頼むって、ありったけの銭を私に押しつけて出て行ってしまったの」

くらは目を伏せ、すすりあげた。

鳥羽伏見の敗残兵が一月に戻ってきたときの無残な姿を思い出すと、今さら東征軍に戦いを挑むことなど無謀だと思えた。

寛永寺に蟄居している殿様はいまだに戦おうとしているのだろうか。とてもそうは思えない。

大将なくして、戦いに勝つことなどできはしない。まして相手は勢いに乗っている。なのにどうして、歩兵隊の春吉は戦に出て行ったのか。出て行かされたのか。

「死んでしまうよね、あの人」

消えそうな声でくらはつぶやく。

「春吉さんはきっと生きて帰ってきてくれるわよ。死んだりしないわ」

結実にできるのは、そういってくらを励ますことだけだった。

くらはこれからどうやって生きていくのだろう。春吉は帰ってくるだろうか。帰ってこなかったら、くらは耐えられるだろうか。赤ん坊が生まれるというのに。

そのとき、ふすまが開いて、真砂が入ってきた。

「おくらさん、裁縫はできるかい？」

「ひと通りは」

真砂は一枚の紙を差し出した。真砂の字で「富沢町・堺屋《さかいや》」と書いてある。

「だったら、ここを訪ねてごらん。産婆の真砂の紹介だといえば、きっと裁縫仕事をまわしてくれる。古着屋だから大した手間賃にはならないけれど、少しは暮らしの足しになる。……赤ん坊のむつきや産衣《うぶぎ》は用意したかね」

「……いえまだ」

「ぼちぼち準備しておいたほうがいい。結実、古い浴衣があっただろ。おくらさんに三枚ほど持たせておやり」

くらはまばたきを繰り返し、真砂に礼をいった。それからおむつや産衣の縫いかたの講釈がはじまった。

往診からすずとはまが帰ってきたのはそのときだ。

「真砂先生、さすがね」

入り口で話を聞いていたらしいすずが、結実の耳元でささやく。

やることがあれば、手を動かしていれば、くらもその間だけは救われる。

「やっぱり先生には私たち、まだまだかなわないわね」

「ほんと」

結実はそっと肩をすくめ、乾いた眼で帰っていくくらを見送った。

三

それから二日ばかりして下り酒問屋・村松屋伊左衛門の女房の良枝が訪ねてきた。

良枝は別宅の座敷に座るなり、結実に膝を進め、硬い表情で切り出した。

「何かが起きたら、結実ちゃん、うちに来て。船があるから。大地堂の人全員が乗れるだけの分を用意しているから」

いきなり、なんのことだと思った。良枝が何をいっているのかわからない。

「何かって？　船って？　何？」

「結実ちゃん、おすずさんから聞いてないの？　こんな大事なことを」

良枝はきゅっと眉をひそめた。それから前のめりになり、ささやくような声で話し始めた。

官軍側が徳川への攻撃を開始したら、江戸城と江戸の町に火を放つ計画があるという。

「火を放つ？　江戸に？　千代田のお城に？」

「そう」

「だ、誰が火をつけるの？　官軍？」

「違う。徳川方の侍が」

結実はぽかんとあいた口をあわてて手で押さえた。

「自分の町や城を、徳川が焼くっていうの？　なんでそんなことを」

「敵の進軍を防ぐためよ」

無茶苦茶だと思った。

江戸が火の海になったら、どれだけ多くの人が炎に飲まれてしまうだろう。

確かに官軍の進軍を足止めできるかもしれないが、人々が営々と築いてきた町も、その人命も失われてしまう。

江戸のすべてを灰にしてまで、何を守ろうというのか。

江戸を戦場にしないために、薩摩の横暴な仕打ちにも、徳川は今まで耐えに耐えてきたのではないか。それが掌返しか。

結実はぎゅっとこぶしを握り締めた。

瞼《まぶた》の裏に、これまで結実が取り上げた赤ん坊や子どもたちの顔が次々に浮かんだ。

初の捨丸、あやねと名付けられた杉の子、金太、さゆり、龍太、セイ……。

あの子たちのつぶらな瞳に、紅蓮《ぐれん》の火が映るときがくるというのか。その炎に焼かれ呑み込まれてしまえというのか。

「あんまりだ……」

絞り出すように、結実は言った。

「そう。あんまりよ。だから、大勢の命が奪われるのを避けるために、あらかじめ内海に集めておいた船に避難民を乗せる準備も、進められているの」

下谷《したや》の町火消し十番組「を組」の頭・新門辰五郎《しんもんたつごろう》をはじめとした町火消し組や、船を持つ大店《おおだな》にも協力を求めていて、村松屋もその御用を引き受けさせられたという。

「新門辰五郎さんの娘さんは殿様のご側室だからね。だから町火消しには連絡が回っているはずなの。……おすずさんも知っているんじゃない？　ご亭主は、は組の纏《まとい》持ち、お舅さんはは組の頭ですもの」

すずが暗い顔をしていたのはそのせいかもしれないと結実は思い当たった。

「でも、船で助けられる人なんて、江戸に住んでいる人のほんの一握りじゃない」

「助けないよりはましよ。……うちのお舅さんとお姑さんは大一郎を連れて、三日前に袖ケ浦《そでがうら》の遠縁の家に避難したわ。年寄りと子どもは江戸を離れていたほうがいいから。結実ちゃんちのおばあさまも江戸を離れたほうがいいかも」

「良枝ちゃんもそっちに行くの？」

良枝はきっぱりと首を横にふった。

「私には店があるから。大一郎に店を渡すまで、何が起ころうが、私は店を守る。とにかくそういうことになったら、うちに全力で走ってきて。船があるから。……こんなこといいたくないけど、徳川はもうだめよ。殿様が大坂から逃げ帰ってきたときにすべては終わってしまったんだから。この間、酒を運んできた船の者は、西では、天子様が江戸に移るかもしれないって話でもちきりだと言ってたわ」

下り酒を扱っているだけに、村松屋には京・大坂の情報も聞こえてくる。

「天子様がこっちにくるって、どうして？」

「よくわからないけど、公方様にかわって天子様が江戸で世を治めるってことじゃないの？　いずれにしても、これから新しい世の中になる。いいのか悪いのかわからないけど。とにかく大事なのは生き残ることよ」

良枝が帰ると、結実は往診から帰ってきたすずを井戸端の腰掛に誘い、良枝から聞いた話をした。

すずは栄吉からおおよその話は聞いているといって涙ぐんだ。

「ごめんね。こんなことがみなに知られたら江戸が大騒ぎになるから誰にも言うなって、栄吉さんから硬く口止めされていて……いずれそのときが近づいたら、結実ちゃんと源太郎さん、大地堂のみなさんにも、栄吉さんが直《じか》に話すって」

　万が一、江戸に火が放たれたら、すずは子どもを連れて、船に向かって走れと栄吉に言われたという。

「自分は最後まで逃げないって。火を消し、町を守るのが自分の仕事だからって。お義父《とう》さんも同じことを言った。……お義母《かあ》さんも残るって。腹を減らした火消しに握り飯を作り、やけどをした人の手当てをしなきゃならないから」

　すずがしゅんと洟をすすりあげた。

「私も残るっていったら、馬鹿《ばか》、子どもはどうするんだって言われた。でも、馬鹿はどっちよ。火の海の江戸に立ち向かっていこうっていう馬鹿な男と一緒になっちゃったんだもの、亭主を見捨てて、逃げるわけにはいかないじゃない。子どもたちだって、そんな男と女の子どもだもの。一蓮托生よ」

「……私んちも、馬鹿ぞろいだ。源ちゃんもおとっつぁまも残るって言うに決まってる。私も残るよ。そのときだって赤ん坊を産む女がいるに違いないもの」

「結実ちゃんも馬鹿だね」

「おすずちゃんもね。でもいちばんの馬鹿は、私たちじゃないよ。おっかさんが死ぬ思いをして赤ん坊を産み、赤ん坊も必死にこの世にでてくるのに、殺し合いをしたり町に火をつけたりしようとする連中だ」

すずは空をまぶしげに見つめた。

「結実ちゃん、……一度ちゃんと話さなきゃと思ってた」

その表情を見た途端、結実はすずが話したいことが何かわかった。今後のふたりの仕事のことだろう。

「私もおすずちゃんの気持ちを聞きたいと思ってた。ではそっちからどうぞ」

「いえ、結実ちゃんから」

ふたりはくすっと笑った。結実が口を開く。

「じゃ私から言うね……おはまちゃんが入ってきたこともあって、だんだんうまく回ってきている気がするんだけど、おすずちゃんは今、どう思ってる？」

江戸が火の海になるかもしれないというときに、これからの話をしても甲斐《かい》がないとは思わなかった。今、結実とすずは生きているのだから。

「私もおはまちゃんがいてくれて助かってる。よく気がつくし。少しずつ仕事も覚えてくれてるし」

「このまま、できるところまでこの形でやれないかな」

すずは軽くうなずいたものの、ため息をつき、おくれ毛をかきあげた。

「おはまちゃんが一人前になったら、私はどうしたらいいのかな？」

「どうしたらいいって？」

「……私はお払い箱？」

結実はあっけにとられた。

「そんなはずないじゃない」

「だって私、半端仕事しかしてないから。おはまちゃんに、いずれ、私、追い越されてしまうかもしれない」

結実の胸がひやりとした。

「往診のこと、半端仕事だって、おすずちゃん、本気で思ってたの？」

「お産に比べたらそうでしょうが」

「私、往診のこと、半端仕事だなんて思ったことないよ。お産の締めくくりが往診だもの。産婦が回復しているかとか、乳は出てるかとか、細かいところまで見守り、赤ん坊を湯あみさせながらへその乾き具合やら太り具合も確かめて……二つ身になったおっかさんと赤ん坊が元気に生きていけるように手助けする大事な仕事だもの」

赤子を産んだ後の母親は、体も心も大きく変化する。眠る時間がないほど、やらなくてはならないことも多い。

一刻半（三時間）おきの授乳、おしめ替えなどで疲れ果て、生きる気力をすっかり失う人さえいる。そうした産婦を支えるのも、産婆の仕事だ。

出産経験があり、子育て真っ最中のすずだから、安心して悩みを打ち明けられるという声も多かった。あっけらかんとそういわれるたびに、子どものいない結実は少しばかり寂しい思いもしたが、お産と子育ての経験があるすずがいてくれてよかったとも思った。

すずが口にしたお払い箱という言葉も引っかかった。はまが産婆として育った暁には自分はいらなくなるとすずが思い込んでいるのか。そう思うと、じわじわと腹がたってきた。

「おすずちゃん、お払い箱って何よ。私がおすずちゃんをお払い箱にするって、本気で思ってるわけじゃないよね」

「だっておはまちゃんが一人前になったら、私なんかいらなくなるでしょ」

すずがなじるような口調で言う。強がって胸を張って言っているのが、小憎らしい。

「あたしたちが一人前になるまでに十年もかかったよね。おはまちゃんにいくらやる気があったって、一朝一夕で産婆にはなれないよ。何年もかかる。……その間に、おすずちゃんも私も、いろんな産婦を見て、もっといい産婆になる。もっと先に行ける。

私たちだって止まってないもん。そして龍太ちゃんやおセイちゃんは大きくなる。ひとりでご飯が食べられるようになり、夜も自分で眠れるようになる。いつかおすずちゃんが遅く家に帰っても大丈夫になって、おすずちゃんもお産を扱えるようになるかもしれない。ただ、おすずちゃんには、は組の頭の嫁って仕事もあるから、とんとん拍子ってわけにはいかないかもしれないけど。……だから、おすずちゃん、自分とおはまちゃんを比べたりしないでほしい。おすずちゃんはおすずちゃん、おはまちゃんにその代わりは絶対にできないんだから」

　結実は一気にいった。

　すずはこらえきれずに洟をすすった。

「結実ちゃん、私のこと、そんなに風に思ってくれてたんだ……」

「いったい何年のつきあいだと思ってんの。今のやり方でいいなら、不具合が出るまでは今のままでいく。うまくまわらなくなったら、また話し合う。これでどうかな」

「うん。そうしよう。……結実ちゃんはいつもまっすぐだ。まぶしいよ。あたしなんか、このごろすぐに愚痴っぽくなっちゃって」

　結実は苦笑した。

「私はおすずちゃんがまぶしいよ。私が欲しくてしょうがない、かわいい子どもに恵まれているんだもの。私も子どもを抱いておぶってあやして、おっぱいやって、おむつを替えてみたい。子どもが笑う顔を見て笑って、泣く子を寝かしつけたりしてみたい。うらやましくてしょうがない」

気がつくと、結実は源太郎以外に明かしたことのない気持ちを口にしていた。誰より、すずには、この気持ちを知られたくなかったのに。

「……知らなかった。そんな気持ち、結実ちゃん、おくびにも出さなかったじゃない」

結実は鼻の上に皺をつくった。

「悔しいもの。子どもがふたりもいるおすずちゃんに、子どもがほしいのにできなくて辛いって言うなんて、自分がみじめじゃない。身近過ぎて、おすずちゃんには悟られたくなかった」

「そうだったんだ」

すずは言葉に窮したように黙った。しばらくしてすずはもう一度顔をあげた。

「私、自分のことで精いっぱいで、気がつかなくて……ごめんね。打ち明けてくれてありがとう」

結実は頰に手をあて、小首をかしげた。

「どうして言えたんだろ、私。勢い？　いや、ちょっと違うかも……」

先日、源太郎にも結実は抱えている思いをぶつけた。源太郎もこれまで口にしなかったことを語った。以来、ふたりがこれからどう生きていくのか、結実は心のどこかでずっと考えていたような気がする。

誰の前にも、いくつもの道があり、そのときどきに右に行くか左に行くか、それとも真ん中の道を行くかと、選んで生きている。

夫婦になればすぐに子どもができるものだという道を結実は歩いてきたつもりだった。だが、そうとはならず、その道の途中で立ちすくんでしまっていたのかもしれない。進むことも退くこともできずに途方にくれて。

道に迷えば戻ればいい。違う道を探せばいい。そうしてまた歩いていけばいい。

結実はようやくそう思えたのかもしれなかった。

「子どもが欲しいというのも、おすずちゃんがうらやましいという気持ちも変わらないけど、源ちゃんとふたりで過ごす今も大事にしていこうって思えるようになったのかも……でもおすずちゃん、私のこと、かわいそうだなんて思わないでね。かわいそうなんかじゃないから」

一瞬、泣きそうになったのはすずのほうだった。すずは唇をひきしめ、顎をあげた。

「思わない。全然、結実ちゃんはかわいそうじゃない。……ないものねだりだよ、私も結実ちゃんも」

「あら、おすずちゃんが手に入れていないものなんてないじゃない」

「あるなんてもんじゃない。私がなりたかった産婆には程遠い。私が思い描いていた、いいおっかさんとはまるで違う。栄吉さんの女房としても、は組の頭の嫁としても、ほめられるようなもんじゃない。満足いくものなんて何ひとつ、私持ってない」

すずも堰《せき》を切ったようにいう。結実は短く息を吐いた。

「産婆、母親、女房、は組の頭の嫁の仕事……おすずちゃんは、やらなくちゃいけないことがありすぎだ」

「うん。でも……」

「おすずちゃん、どれも百までがんばりたいと思っているでしょ。そういう人だものね」

「……そういう人って言いかた、ひっかかるんだけど」

すずが口をとがらせた。

「ま、最後まで聞いて。こんなにいっぱいのこと、ひとりでどれも完璧にやろうなんて、土台、無理な話よ。欲張りすぎたら、人間、壊れてしまう。全部合わせて百でいいんじゃない？」

「全部合わせて？　それだと、ひとつひとつが少なすぎない？」

「体はひとつなんだから。仕事はみんなで助けあえるし、子育ては手伝ってもらえばいい。恋女房が毎日笑顔で機嫌よく暮らしていれば栄吉さん、それだけで嬉しいんじゃない？　は組の頭の嫁の仕事もできることをやればそれでいいと思う」

「それでいいかな」

「いいよ。だからそれ以上、自分を責めるのはもうやめたほうがいいよ」

やがて、すずがこくんとうなずいた。結実がふっと笑う。

「江戸が火の海になるかもしれないのに、私たち、のんびりこんな話をしてるってのも、おかしいね」

「のんびりでもないけどね。おすずちゃん、ひとつお願いしていい？　本当は自分がもっとやらなくてはならないのにやれなくてごめんねって、もう言わないでほしいの。往診を半端仕事だっていうのもこれっきりにして。そう言われると、こっちもつい、その気になったりするのよ。そうじゃないと思っていても。だから」

「わかった。もう言わない」

風がふたりの頬をなでていく。すずが空を仰いだ。

「……私ね、結実ちゃんと一緒だったから産婆修業もちっとも辛くなかった。今も、結実ちゃんと働けて幸せだと思ってる」

「私もだよ」

結実は、頑固で石頭のすずが好きだといいかけて、やめた。

「何、笑ってんのよ。結実ちゃん」

「なんでもないよ」

あたたかな風が頬をなでたと思うと、梅の香りが強くなった。

四

真砂と足の悪い章太郎が下男の長助と女中のウメを伴《ともな》い、正徹の知り合いの医者・富岡順庵《とみおかじゅんあん》を頼り、木更津《きさらづ》に避難したのは、その数日後だった。

正徹は二月の末から二人を疎開させようと考え、富岡と文をやり取りしていたらしかった。

当初、章太郎は行きたくないと渋っていたが、富岡の家に大きな薬園があるという と、一転、嬉々として承諾した。

真砂は子守りを雇って、すずの子どもの龍太とセイ、タケの子どもの金太たちを一緒に連れて行くといったが、すずもタケも考えた末に断った。

——涙が出るほど、先生の気持ちは嬉しいけれど、一家でがんばります。

——こんな貧乏人の子を思ってもらってもったいない。それだけで十分です。

木更津までは、日本橋川南岸の木更津河岸から五大力船《ごだいりきせん》（小型廻船）が出ていて、順風なら四、五時間で木更津に着く。

富岡の家の近くの仕舞屋《しもたや》を借り、章太郎は毎日、薬園に通い、その世話を買ってでているらしい。

真砂は歩く稽古《けいこ》もかねて、木更津の町を見物しているようで、文には「木更津は寺院、商家、土蔵、旅籠《はたご》、茶屋が立並ぶ繁華な街で、小江戸とよばれるほど江戸の風俗文化が入っていて飽きることがなくこちらは心配無用である。とにかく何があっても、自分の命を大切に過ごしてほしい」と男のように大きな文字で書いて寄越した。

相変わらず、すずもタケも、子どもを連れて、別宅に通ってきている。

官軍の先鋒隊三千人は、池上本門寺《いけがみほんもんじ》を本陣とし、戦準備をしているとのことだったが、何も起こらないまま、三月が過ぎた。

諸藩の武士が国元に帰ったため、江戸市中は物寂しくなって、どの店にも閑古鳥が鳴いている。無人となった武家屋敷に入り込む輩や強盗もあとを絶たない。町の者は自警団を作り、夜回りもしているが、やらないよりはましという程度でしかなかった。

四月に入ると、震えるように寒い日が続いた。

穣之進がやってきたのは七日の晩だった。

四月四日、勅使が千代田の城に入り、軍艦や銃器は十一日までに引き渡すこと、十七日までに江戸城を明け渡すことが伝達されたという。

「ただちに城内の片づけが始まったそうだ」

「すんなり進みそうなのか」

正徹が穣之進の盃に酒を注いだ。

「最後まで上様を守って戦おうという者もいるが、ご本人がそれを望んでおられぬようでな。城の明け渡しを終えれば、すぐに江戸を離れ、水戸へ向かうようだ」

「供をしたいと願う侍も多いだろうな」

穣之進は苦い表情で盃の酒を飲み干した。

「供は精鋭二百人だという」

「それだけか。お気の毒に……ふた月も謹慎生活を送られて、そのあげく。……とすると、その後は天子様が江戸城に入るという段取りか」

正徹が腕を組んだ。穣之進が複雑な表情でうなずく。

「そういうことになるだろう」

絹が顔をしかめた。

「いやなんですよ。あのぴーひゃらってのが」

官軍は行進するとき、横笛、小太鼓を打ち鳴らす。それを嫌う者は江戸に多かった。関東近郊でいくつか戦いも起きている。くらのおなかの子の父親、春吉はどうしただろうかと結実の胸がつんと痛んだ。


十一日、朝五ツ（午前八時）、大手門から江戸城受け取りのための官軍諸藩の兵が入り、江戸城は開城した。

同じ日の未明、徳川慶喜は上野の寛永寺を出て新たな謹慎の地である水戸に向かった。

その朝、南大工町《みなみだいくちょう》の大工・銀二《ぎんじ》の女房・ていが産気づき、結実とはまが駆けつけると、もう赤子の頭が裾《すそ》から見えていた。

するりと産み落としたが、赤ん坊が泣かない。赤ん坊の背中をたたいたり、ひっくり返したりしたものの、ぐったりしたままだ。

「どうして泣き声が聞こえないの？」

ていが切羽詰《せっぱ》まった声で叫んだ。

結実ははっとして赤ん坊の鼻を吸った。晒し木綿に吸ったものを吐き出す。そのとたん、泣き声が響いた。

「おていさん。かわいい女の子ですよ」

「嬉しい」

「今、産湯をつかわせますからね。ちょっと待ってくださいね」

結実は赤ん坊をはまに渡しながら耳打ちする。

「羊水《ようすい》を飲んで、息ができなかったみたい」

「こういうこともあるんですね」

はまは湯を使わせた赤ん坊をおくるみに包んで、ていの腕の中に寝かせた。丸々とした見事な赤ん坊である。

ていには三歳の男の子がいて、初産のそのときも二刻（四時間）かからずに産み落とした。

「するっと生まれてくれて、親孝行な娘だよ」

満足げにていは赤ん坊の顔をのぞきこむ。ていは二十三歳で、実家はすぐ近くの豆腐屋だった。昨日まで、昼は実家の手伝いに行っていたという丈夫な働き者だ。

「おてい、よくやった。しかし、おまえのは犬のお産だな」

後産《あとざん》がすむと亭主の銀二が入ってきていった。

「いやだよ、人聞きが悪いじゃないか」

「ほめてんだよ」

「ほめてるように聞こえないね」

夫婦は赤ん坊を見つめながら、仲良さそうに丁々発止《ちょうちょうはっし》を繰り返す。

やがて豆腐屋の両親も駆けつけて、大騒ぎとなった。

産婆道具が入った風呂敷を銀二は軽々と担ぎ上げ、ふたりを送ってきた。

楓川沿いを歩きながら、銀二は言う。

「結実さん。近頃、仕事の按配《あんばい》はどうだい？」

「町方の方々が引越しなさるようなら、少し暇ができそうですよ」

「水戸で謹慎するというが、いずれは駿府《すんぷ》に行かれるのかね、公方様は」

江戸では今も、慶喜を公方様と呼ぶ者が多い。

「駿府は幕府の天領ですものね。銀二さんのお仕事はいかがですか？」

「さっぱりでさぁ。このご時世で新しい家を建てようなんて人はいやしない。今は在所に引き上げる侍の屋敷の玄関や門を板で塞《ふさ》ぐ仕事ばっかりでさぁ。天子様が江戸にやってきたら変わるのかもねえ。世の中、どうなるのか、見当もつかねえや」

「私にもさっぱり」

「誰に聞いても答えはそれだ。……まあ女の子が生まれたから万々歳ですがね。上が男だから」

結実は銀二にほほ笑んだ。中肉中背で、浅黒い。

「銀二さんに目元が似てたような」

「地黒のところも似ちまったようで。女の子なのによう。父親がこれだからしかたねえや」

まんざらでもなさそうに銀二は笑った。


二十一日、東征大総督有栖川宮熾仁親王が江戸城に入城した。

関東が新政府の支配下に置かれたが、すっかり安定したわけではなかった。

江戸湾には榎本武揚《えのもとたけあき》の旧幕府艦艇が控え、彰義隊は上野を拠点に官軍と対立している。

官軍の兵士たちは黒詰襟の袖に錦切れをつけ、江戸市中で無銭飲食など横暴を働くことが多く、市中見回りを行っている彰義隊と衝突することも多かった。
だが慶喜が水戸に去ってしまった今、彰義隊の本来の役割は終わっている。彰義隊は官軍にも顔がきく勝の声で生まれたものだからつぶされずにいるという説もあるが、このままではすまないだろうともささやかれていた。

御家人たちは公儀の崩壊でたちまち困窮した。

慶喜の後を追っていける者はまだいい。行こうにも路銀《ろぎん》が用意できない者も多かった。

穣之進のところはもとより、大地堂にも、家財道具を買ってくれという武士が何人も押しかけた。

春江と美園も、結実を訪ねて来た。春江は、螺鈿《らでん》の文箱《ふばこ》、塗りの椀などを、美園は茶席で使われる茶碗、書物などを買ってほしいといった。

値段を聞くと、とても結実などの手が出るものではなかったが、春江からは鎌倉彫のお盆をひとつ、美園からは春慶塗《しゅんけいぬり》の硯箱《すずりばこ》をへそくりをはたいて求めた。

「これからどうするの？」

「旦那さまは駿府に行くと言ってるの。いずれ慶喜さまは水戸から駿府に向かわれると信じているようで」

春江の夫は勘定方の役人だった。だが、駿府に親戚や知り合いがいるわけでもない。向こうで役職が用意されているわけでもない。

「うちはしばらく様子を見るつもりだって。同心株を売って引っ越す人もいるけど、旦那さまは江戸を離れたくないって」

「美園ちゃんと一緒に駿府に行けたら心強いのに」

「別れ別れはさびしいよね。もしかしたらうちもそっちに行くかもしれないけど、実は私……また子ができたみたいで。こんなときに」

診察すると、美園は十月に赤子を抱くことになりそうだった。

春江と美園は、この日泣きっぱなしだった。母親は家では泣けない。母の涙は子どもたちを不安にするからだ。

五

くらはどうしているだろうと、ずっと結実は気になっていた。

あの後、関東近辺でいくつか戦いがあったが、結実の知る限り、徳川軍が勝ったものはなかった。それらの戦いの中に、春吉がいたとしたらと思うと気が重く、なかなかくらの家に足が向かない。だがいつまでも放ったらかしにはできなかった。五月の末には、くらは母親になる。

四月の晦日《みそか》の朝、結実は思い切って、くらの長屋を訪ねた。

くらは、長屋の井戸端で食器を洗っていた。

茶碗が二つ、お椀が二つ、湯呑が二つ……桶《おけ》の中には二人分の食器があった。

視線に気づいたくらが顔をあげる。

「結実ちゃん、わざわざ来てくれたの」

桶を指さし、春吉さんが戻ってきたのかと結実がいいかけたとき、長屋の戸がガタっと音をたてて開き、頭に手ぬぐいを巻いた若い男が出てきた。

色の黒い痩せた男だった。眉毛が濃く、くっきりとした二重瞼をしている。着物を尻っぱしょりにして、股引きを履いていた。

くらは「よいしょ」とおなかを抱えて立ち上がると、男に駆け寄った。男の背中に手をおき、男の顔を覗き込む。

「多作《たさく》さん、こちらは幼馴染《おさななじみ》の結実ちゃん、お産婆さんなの。八丁堀からわざわざ訪ねてくれたの」

多作？　結実は驚きのあまり、喉《のど》がつまりかけた。多作は結実に頭を下げた。

「おくらがお世話になって。多作です」

「……結実と申します。おくらちゃんとは手習い所が一緒だったものですから」

いったい、多作とくらはどういう関係なのだろう。

くらは多作にもたれかかり、とろりとした目をしている。多作はそれを当たり前のように受け入れている。

多作は「親方のところに届けてくる」と言い、いったん長屋に戻るや、大きな風呂敷包みを背負って出かけて行った。左足を少しひきずっていた。

「よく来てくれたわね。狭くて悪いけど、中に入って」

くらは結実を長屋の中に招き入れた。

日のささない四畳半、相変わらずすえたような匂いがする。

「これ、つまらないものだけど」

結実が、塩煎餅《しおせんべい》の入った紙袋を手渡すと、くらはうっすら笑った。

「塩煎餅、大好き。……このごろおなかがすいて。私、肥《こ》えたでしょ」

腹ばかりではなく、くらは顔もふっくらとしていた。

「おくらちゃんがどうしてるのか、気になっていたんだけど、こっちもあれからいろいろあって。でも元気そうでよかった」

「なんとか、生きておりました」

少しばかり投げやりにくらはいい、水をいれた湯呑を、結実の前においた。どんぶり鉢に結実が持ってきた塩煎餅をいれて、それもさしだす。

「おもたせで申し訳ないけど」

そういいつつ、くらは真っ先に煎餅に手を伸ばし、白い歯でぱりんと嚙んだ。

「体の調子はどう？」

「……重いだけ」

診察すると、体調はよさそうだった。足が太くなった気もしたが、むくんでまではいない。

「これからは足元が見えなくなるくらいおなかが大きくなるから、階段を下りるときは必ず手すりにすがるか、人にすがるようにしてね」

「長屋に階段はないから大丈夫よ。ひょうたんには階段があって上り下りが大変だったけど、もうなくなっちゃったし」

「神社にお参りに行ったときなんかに転ぶ人もいるのよ。長い階段じゃなくても油断しないで。畳の縁《へり》につまずいて転ぶことだってあるから」

「結実ちゃんって、こんな心配性だっけ」

くらが苦笑交じりに言う。

「産婦にはきちんと言うのよ。産婆だから。子どものころうっかり屋だった私を知っているおくらちゃんに、改まってこんなことをいうのはちょっと恥ずかしいんだけど」

結実がそういうと、くらは声をあげて笑った。真砂が紹介してくれた古着屋に時折仕事をもらって助かっているという。それからひょうたんの再興の話は消えたと続けた。

「こんな世の中だから、夜の客目当ての店など開いたところでうまくいきっこないものね。……おはまちゃんはどうしている？」

「しっかり働いてくれてるわよ。よく気がつく子だから助かってる」

「まっすぐな子でしょ」

春吉はどうしたのだという問いが、結実の喉元までせりあがっていた。

無事に帰ってきたのか。所帯を持つ話はどうなったのか。

さっき部屋から出て行った多作はどういう人なのか。

くらは結実の顔を上目遣いで見て、小さく咳ばらいをした。

「……多作さんはね、春吉さんと歩兵隊で一緒だった人なんだ」

「そうなの？　それで春吉さんは？」

「死んじゃった」

乾いた眼でくらは言った。左胸をこぶしでぽんと叩く。

「……官軍の鉄砲玉をここにくらっちゃったんだって」

「……亡くなったの」

こくっとくらがうなずく。

「弾なんてそうそう当たらない。ましてやおいらには当たらない。弾はおいらをよけて飛ぶんだ。春吉さん、始終そう言っていたのに。真っ先にあたったというんだから。……突撃といわれて、走りはじめた瞬間、春吉さんは人形みたいに倒れたんだって、本人がびっくりする間もなかっただろうって。胸が真っ赤に染まって、目を開けて。口もびっくりしたみたいにぽかんと開いてたって、それでおしまい」

気の毒すぎて、くらにかける言葉が見つからない。

武州の百姓の家に生まれた春吉は、侍になってみたいと歩兵隊に入り、大将はとっくに逃げているのに、下野《しもつけ》まで行かされて、あっけなく命を散らした。これではまるで死ぬために歩兵隊に入ったようなものではないか。

「……袖に錦切れをつけて、かつて主君だった公方様に盾突いて、大きな顔をしてる官軍をみるとむしゃくしゃするんだ。悔しいじゃねえかって、春吉さん言ってたの。……馬鹿だよね、幕臣でもない春吉さんが戦に行って死んだところで誰もほめてくれないのに。割に合わないのに。……おとなしい優しい人だったのよ。戦なんてまるで性に合わない人だった。赤ん坊がもうすぐ生まれるところだったのに。その顔も見ずに死んじまった」

それからくらは、春吉の死の知らせを持ってきてくれたのが多作だといった。

「春吉さんと仲良くしてた人なの。ふたりとも、侍じゃなかったから気が合ったみたい」

「多作さんもその戦に行っていたの？」

くらはうなずいて、多作はあのとき、春吉の隣を走っていた歩兵だといった。

「弾にあたっちまったのは春吉さんだったけど、自分だったかもしれないって多作さんいってた。飛んでくる弾なんて速すぎて見えないし、よけることもできないんだって」

「よく、逃げてこられたわね。負け戦だったんでしょ。落人狩《おちゅうどが》りも厳しかったでしょうに」

「山の中を通って、沢の水を飲んで、逃げたんだって。途中で百姓家を見つけて、運よく刀を野良着と手ぬぐいに交換できたの。手ぬぐいを頬かむりして、野良姿でなんとか途中の関門も通り抜けてきたのよ」

くらはふぅと息をはき、続ける。

「多作さんの生まれは小梅《こうめ》村で、春吉さんと同じ百姓の三男だったから。それが幸いしたのね。官軍は侍の物言いをしている人は片っ端から調べていたそうよ。でも百姓にしかみえない多作さんは拍子抜けするくらい簡単に通してくれたんだって。もともとが百姓だもの」

多作も太ももに傷を負っていた。多作は足を引きずりながら、江戸にたどり着くや、くらを訪ねてきたという。

「春吉さんから預かったものを届けに来てくれたのよ」

「預かったもの？」

よいしょといいながら腹を抱えて、くらは立ち上がり、簞笥《たんす》の上の小引き出しを開けた。

小さくたたまれている紙を開いて、結実に手渡す。

春助《はるすけ》、なつ。

金釘流《かなくぎりゅう》の文字で書いてある。

「もしかして、赤ん坊の名前？」

「そう。男なら春吉の春を継いで春助、女なら春の次だからなつって」

「春吉さん、赤ん坊の名前、考えてくれていたんだ」

「……うん」

「でもその多作さんがなんで、おくらちゃんといたの？」

「……それがね……」

多作は春吉から預かった紙をくらに手渡すと、長屋にも上がらず一礼して、出て行こうとしたという。その袖を、くらは思わず両手でつかんでいた。

——私をひとりにしないで。お願い。ここにいて。

目にいっぱい涙を浮かべ、くらはいった。

多作は女ひとりの長屋にあがるわけにはいかないと首を振った。だが、くらは袖を放さなかった。指の関節が白くなるほど袖を握り続けた。

その夜、生きるのがいやになったと泣くくらの背中を、多作はずっとさすってくれた。それからふたりはずっと一緒にいるという。

「……そうだったんだ」

結実はすぐには二の句が継げなかった。けれど、やっぱり聞かずにはいられなかった。

「……春吉さんのことはもういいの？」

くらはすっと目をそらし、目の端で結実を軽くにらんだ。

「結実ちゃんも意地悪なことをいうのね」

「私はただ……」

「そう思うよね。……おなかに春吉さんの子どもがいるのに、死んだからってすぐに別の男に乗り換えて、だらしない女だって。……でも春吉さんはいなくなっちゃったんだもの。……春吉さんのことがどんどん遠くなっていくの。どんな顔だったか、どんな風に笑ったか。少しずつ忘れていく……薄情よね。このあたりでも私、さんざん陰口をたたかれてる。……何をいわれてもいいんだ、私は。そばに誰かいてくれないと、生きていけない。私が今、生きていられるのは、多作さんが一緒にいてくれるからだもの」

「……」

家族の縁が薄いくらは、人にすがりつかずにいられないのかもしれない。それがくらの生きのびるやり方だとしたら、いいとか悪いとか、誰がいえるだろう。

「多作さんも春吉さんと同じで、徳川様びいきだったんだって。侍にもなってみたかったんだって。指物師《さしものし》だったのに」

多作が背中にかついでいた風呂敷包みを思い出した。指物師は釘などを使わず家具や道具を作る職人だ。出ていくときに、多作は親方に届けるといっていた。また指物師として働いているのだろうか。

結実の気持ちを見透かしたように、くらはいった。

「歩兵募集を知って、親方が止めるのを振り切って入隊したんだけど、あの人、親方に詫《わ》びをいれて、また仕事をもらうことができたの」

「これからおくらちゃん、どうするの？　多作さんと一緒になるの？」

ふうっとくらが笑い、お腹に手をやった。

「あの人、この子を自分の子として育てるって言ってくれた」

まもなく多作と親方の家の近くの深川《ふかがわ》の長屋に引っ越すという。

「結実ちゃんに取り上げてもらいたかったんだけど、深川は遠いから。残念だけど、向こうのお産婆さんにお願いするね」

「生まれたら教えて」

「うん。……知らせる。私が子どもを産むのを喜んでくれるのは結実ちゃんくらいだもの」

「おはまちゃんも楽しみにしてるよ」

「……おはまちゃんにもよろしく言っといて」

「わかった。お産、しっかりね」

赤ん坊が生まれたとき、くらと多作は春吉が書き残した名前をつけるだろうか。つけてほしいような気がしたが、それもよけいなことかもしれなかった。

六

この年は閏《うるう》四月があり、四月を二度過ごした。

そして五月に入ると徳川方に任されていた市中取締の仕事は東征軍の直接管理となり、彰義隊は市中警護という役割の名目を失った。

それからまもなくして、鳶《とび》の連中が上野の山に古畳や土を入れた四斗俵《しとびょう》を運んでいるという噂や、浅草や上野近辺に住む者が、荷物をまとめて親戚の家に逃げ出したという話が聞こえてきた。慶喜が水戸に去り二月《ふたつき》ほどがたっている。

上野の山に籠った彰義隊が官軍と戦う日が近づいているのは明らかだった。

そして五月十五日の早朝、雨が降る中、遠花火のような音が八丁堀にまで聞こえた。

源太郎が結実を揺り起こした。

あわてて飛び起き、ふたりが外に出ると、鼠《ねずみ》色に染まる空の上野の山の方角に赤い火や黒い煙がわずかに見えた。

「はじまったのね」

「そうだな」

人を殺すための大筒や砲弾の音を聞くのは初めてだった。最盛期には彰義隊は三、四千人もいたといわれる。今も千数百人は残っていると結実は聞いていた。

音が響くたびに、その若者たちに弾が降り注いでいると思うと、胸が痛かった。昨日まで、江戸を歩き、官軍の横暴を取り締まっていた若者たちが命を散らす音だった。

すずの家の下男が飛び込んできたのはそのときだ。下男はすずからの文を携えていた。

──本日、火急の場合に備え、は組は待機とあいなりました。幸い、往診しなければならない人がおりませんので、申し訳ありませんが、お休みさせてください。すず
「おすずちゃんに、しっかりねと伝えてくださいな」

下男は一礼すると、また雨の中を走って戻って行く。

まもなく、タケがさゆりをおぶい、金太の手をひき、傘をさしてやってきた。

「いやだよう。殺し合いなんて」

だが戦はあっけなく終わった。わずか半日の戦だった。

上野まで見物に出かけた連中が次々に戻ってきて、小雨の降る往来で見聞きしたことを吹聴《ふいちょう》している。

道が官軍によって閉ざされており、誰も近くまで行くことはできなかったらしい。だが、大筒、アームストロング砲といわれるものが上野の山に雨あられのように撃ち込まれた音を聞いたと、興奮した面持ちで、町の者に繰り返し語り聞かせている。

「彰義隊は勝ったのかい？」

「勝つわけがねえ。死んだか、焼けたか、逃げおおせたか。三つに一つでぇ」

「気の毒にな」

「弾除《たまよ》けの古畳なんぞ、なんの役にも立たなかったってよ。弾を撃ち込まれて皆ばらばらだったそうだ」

「逃げた連中はどっちにいったんだい？」

「さあ。だが、彰義隊は見つかれば斬り捨て御免だとさ」

生き残った彰義隊は官軍の追撃を阻むために谷中《やなか》付近の民家に火を放ち逃げたという者がいれば、いや官軍が放火したという者もいた。

何が本当で何が嘘なのかもわからない。

とにかく上野、本郷《ほんごう》、谷中は今、炎に包まれているという。

その日のうちに、残党狩りが始まり、夕方には大地堂にも、官軍が押し掛けた。

上野と八丁堀は遠く、傷を負った彰義隊がここに来るはずがないといっても聞かず、家を改めると言い、土足で上がり込んで探しまわった。

本所の寺で敗残兵が捕縛されたとか、残党が殺されたという噂を持ってきたのは、そのあとに駆けこんできたどこかの隠居だった。診察のためではなく、黙っていられなくて、わざわざ噂を伝えにやってきたのだ。

夜になると、町は一層物騒になった。殺気立った官軍が町を歩き回っている。

早朝になって、富島町《とみしまちょう》の鋳物師《いものし》の幸三《こうぞう》が走ってきた。あわてて戸を開けた結実に、女房のあさが夜中産気づいたが、迎えに来られなかったと必死の形相《ぎょうそう》で言った。

「もう生まれそうなんだ。ひどい苦しみようで。結実さん、お願いします」

幸三とはまと結実の三人で家から出ようとしたとき、源太郎が走ってきた。

「私たちなら幸三さんがいるから大丈夫よ」

「さすがに今日は危ない。一緒に行くよ」

日本橋川を左手に見ながら、四人は早足で歩いた。朝の光が川面にきらきらと反射している。昨日、上野で大勢、人が亡くなったなど信じられない思いがした。

だが、鎧《よろい》の渡しから少し行ったところで、結実たちは錦切れを袖につけた官軍の男たちに行手を阻まれた。赤毛飾りを被った男が横柄にいう。

「どこへ行く」

「富島町に」

「その包みはなんだ」

「お産で使うものです。私たちは産婆で、お産に呼ばれてるんです」

男たちからは血の匂いがして、結実は思わず、鼻を袂《たもと》でおおった。

「お前、医者じゃないのか？　その顔に見覚えがある」

官軍のひとりが、源太郎の襟をつかみあげた。昨夕、残党狩りに大地堂に来た連中のひとりだった。

「その手を放して！　この人は産婆の私の亭主です。昨日の今日で外は危ないかもしれないって心配して、ついてきてくれたんですよ」

結実が叫ぶと、赤毛が顎をあげた。男は不服そうだったが源太郎の襟から手を放した。だが、放免してはくれなかった。

「その荷物を見せろ」

幸三が担いでいたものを奪うようにして男たちは包みを開いた。中身に男たちが手をのばし、結実はまた声をあげた。

「汚れた手で触らないで。触るなら手を洗って。妊婦と赤ん坊が使うものなんですよ」

結実の剣幕に、男たちの手が止まる。

かわって赤毛が、源太郎にどすの利《き》いた声で言った。

「彰義隊は死罪だ。それをかばうやつも同罪だ。やつらの治療など許されん」

「再三申し上げているように、お産にかけつけるところです。そうでなければこのような日に、女房を外に出す亭主はおりません」

源太郎は低い声で言った。だが、赤毛に聞く耳はない。

「ほんとのことを言えば命ばかりは助けてやる。言わなければどうなるか、わからんぞ」

結実の頭に血が上った。

幸三は昨晩から女房のあさが苦しんでいると言っている。いつ生まれてもおかしくない。こんなところでぐずぐずしているわけにはいかないのだ。

「いい加減にしてください。こっちは命をこの世に迎える仕事をしているんです。もう生まれそうなんです。江戸では、産婆の行く手をさえぎってはならないって決まってるんですよ。どいて。道を空けてくださいな」

気がつくと、官軍相手に結実は啖呵《たんか》を切っていた。男たちを押しのけ、風呂敷を包みなおし、自分でそれを持って走り出した。

「待て、女」

「結実！」

焦ったような源太郎の声も聞こえた。

「お疑いなら一緒に来てください。来ればわかりますから」

足を止めずに叫んだ。

源太郎は結実から、その荷物を奪い取ると、並んで走った。

官軍は追いかけてくる。結実が言った通り、ついてくるつもりらしい。霊岸橋を渡り、一ノ橋を渡り、長屋にたどり着くと、肩で息をしながら、井戸で手を洗い、結実は幸三の家に飛び込んだ。

中では、あさが腹を抱えてうなっていた。

敗残兵がいないとわかり、ちっと舌打ちをして出て行こうとした官軍連中に向かって、結実は大声で叫んだ。

「少しは手伝って。私を引き留めて邪魔をしたんだから。井戸で手をきれいに洗って、部屋に油紙《あぶらがみ》を敷いて、綱をはるくらいして行って！」

「江戸の女はなんちゅうことを。男がそんなことできるかい」

「どけどかんかっ！」

官軍はうっぷんをはらすように長屋の人たちを押しのけて出て行く。

結実は水を一杯飲み干し、何度か深呼吸を繰り返すと、あさにやさしく声をかけた。

「間に合ってよかった。……もう裾が開いてるから、あと少しで生まれるよ」

源太郎はそういった結実の頭を後ろからぽんとたたいた。

「結実は一人前の産婆だな。産婦の家に駆けつけるために、官軍を蹴散《けち》らして、あぶなっかしいったらありゃしねえ……おれの自慢の女房だよ」

あさは次の波で、女の子を無事に産み落とした。

くらから、女の子が生まれ、なつという名をつけたという便りが届いたのは、五月の末だった。

七

戦いは奥州《おうしゅう》に移った。

日光、宇都宮、白河、仙台、米沢《よねざわ》、相馬《そうま》、磐城平《いわきたいら》、棚倉《たなぐら》、三春《みはる》、二本松《にほんまつ》、会津……戦があちこちで起こり、人が大勢、死んだ。

七月、江戸は東京と名を変え、九月には明治に改元される。

医学所は医学校兼病院に、昌平坂《しょうへいざか》学問所は昌平学校になった。

江戸の町人は平静を取り戻しつつあった。木更津から戻ってきた章太郎は、薬園の見習い園丁として働くはまの弟の元に嬉々として通いはじめ、絹を悩ませている。

結実は月のものがきても以前のように暗い気持ちにはならなくなった。

子どもがいれば幸せという思いをすっきりと手放したわけではない。だが、孕むことができず、いらいらが募り、心が破裂しそうだった日々を、結実はなんとか乗り越えたような気がする。源太郎とすずに思いのたけを打ち明けることができたからかもしれなかった。

ひとつのことにこだわりすぎると、まわりが見えなくなり、自分にも人にも優しくなくなる。自分が手にしている愛おしいものも見えなくなってしまう。

源太郎との暮らし。すずやはまとの産婆仕事。生まれてくる命。タケとの何気ないおしゃべり。家に通ってくる子どもたちの成長。両親、真砂、章太郎とのほのぼのとしたやりとり。こうしたものが自分を支えてくれていることにも改めて気づかされた。

九月に入った日の昼過ぎ、お産の立ち会いを終えて、日本橋川沿いを霊岸橋からはまとともに歩いてくると、川岸で凧あげをしていた。

秋風が吹く丸く高い青空に、たくさんの凧があがっている。

大勢の人が足を止め、凧をみつめていた。

結実とはまも思わず足を止めた。凧あげは、参勤交代の行列のない正月の遊びだったが、明治に入り、そんなくびきも取っ払われた。とはいえ、これほど多くの凧が一時にあがっているのを見るのははじめてだった。

そのとき凧をあげている人みなが、は組の半纏《はんてん》を着ていることに気がついた。

栄吉と龍太もいた。糸をたぐる龍太を支えるように、栄吉は龍太を後ろからそっと抱いている。糸の先には、「龍」と書かれた凧が風を受けていた。

源太郎と結実がこの正月にあげた凧。龍太に譲った凧だ。

「栄吉さん」

結実が声をかけると、栄吉は手招きした。

「結実ちゃん、おはまちゃん！　ちょうどいい。一緒に祝ってくれ。今日は、町火消しの半次郎《はんじろう》の祝言《しゅうげん》なんだ。今、花嫁をのせた舟がここを通る」

花嫁は昨年十月の火事で死んだ新太郎の三つ違いの妹・多代だという。新太郎は栄吉の弟分だった。

「嫁入りを祝う凧あげ？」

そんな趣向を、結実は聞いたことがない。

「お多代ちゃんから凧をあげてほしいと頼まれたんでさ。空にいる兄貴に自分が嫁入りすることを伝えたいからって」

新太郎は子どものころから凧あげが大好きだったと栄吉はいった。

「新太郎のために、凧をあげるぞといったら、一も二もなく、みな集まってくれた。これだけ凧があがっていたら、たとえ新太郎が成仏してるとしても、妹の嫁入りだって気づいてくれるだろうよ」

ぐすっと栄吉が洟をすすったその時、凧が風にまかれてくるりと円を描いた。あわてて、栄吉は糸をひく。

「見事ねぇ」

向こう岸にもは組の連中が出張っていて、どの男たちも目を大きく見開き、空の凧を一心にみつめている。

「新太郎だけじゃない。この戦で死んだ人、火事を止めようとして命を落としたすべての火消しや町の人に届けって思いであげているんだ、おれたちは今もこっちでがんばってるぜって」

そのとき、日本橋川を一艘《いっそう》の舟が上ってきた。綿帽子《わたぼうし》をかぶった花嫁が乗っている。舟はしばしそこにとどまり、花嫁が空を見上げたのが見えた。

たくさんの凧が秋空に舞っている。

天まで届け。

結実もはまも、胸の前に手を合わせ、空に目をやった。

凧《たこ》あがれ　結実《ゆうみ》の産婆《さんば》みならい帖《ちょう》　朝日文庫

2023年12月30日　第1刷発行

著　　者　五十嵐佳子《いがらしけいこ》

発 行 者　宇都宮健太朗
発 行 所　朝日新聞出版
〒104-8011　東京都中央区築地5-3-2
電話　03-5541-8832(編集)
03-5540-7793(販売)
印刷製本　大日本印刷株式会社

ISBN978-4-02-265134-1